장왕곤

박재영 新무협 판타지 소설

장왕 鯤 5

박재영 新무협 판타지 소설

초판 1쇄 찍은 날 § 2015년 2월 23일
초판 1쇄 펴낸 날 § 2015년 3월 2일

지은이 § 박재영
펴낸이 § 서경석

편집장 § 권태완
편집 § 이창진

펴낸곳 § 도서출판 청어람
등록번호 § 제1081-1-89호
등록일자 § 1999. 5. 31
어람번호 § 제2-2568호

주소 § 경기도 부천시 원미구 심곡1동 350-1 남성B/D 3F (우) 420-011
전화 § 032-656-4452 팩스 § 032-656-4453
http://www.chungeoram.com
E-mail § eoram99@chollian.net

ISBN 979-11-04-90110-2 04810
ISBN 89-5831-648-9 (SET)

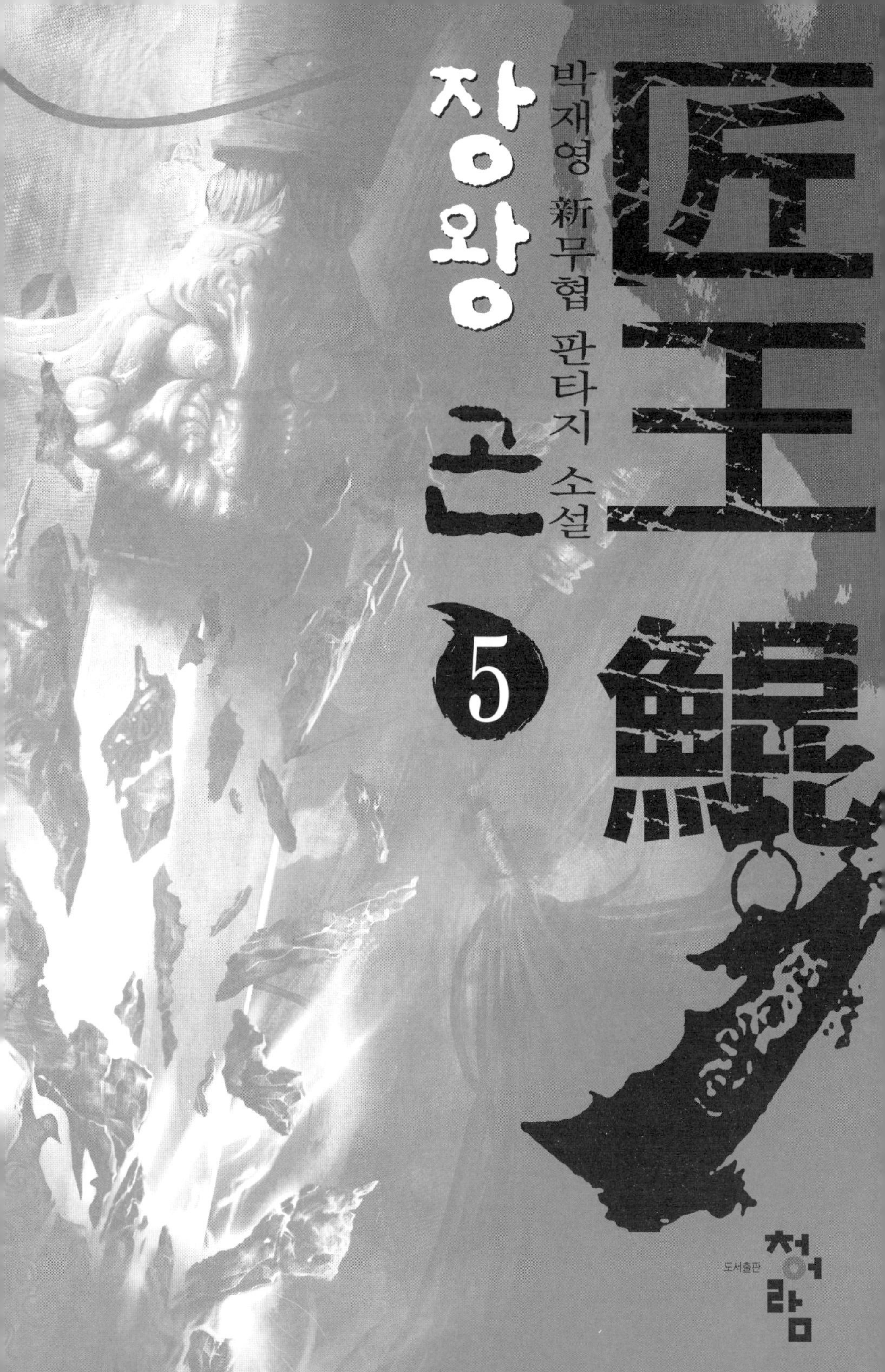
匠王鯤
장왕곤
박재영 新무협 판타지 소설
5
도서출판
청어람

【목차】

第一章

패하지 않는다

패하지 않는다 1

도박장에서의 돈은 돈이 아니고, 형당(刑堂)에 끌려간 사람은 이미 사람이 아니라는 말이 있다.

북리곤으로서는 어떤 방법을 써서라도 법밀전으로 압송되는 것만은 피해야 했다.

"저희가 막을 테니 루주님은 어서 잠마비고 안으로 피하세요."

"저희는 주루님을 위해서라면 죽을 각오가 되어 있어요."

"루주님! 어서 피하세요. 어서요!"

북리곤이 생각을 정리하고 있는 순간 다섯 소녀가 각기 비수를 꺼내 쥐며 결연한 표정으로 입을 열었다.

호흡이 거칠다. 입술을 깨문 채 눈을 부릅뜨고 있는 모습이 자못 비장하기까지 했다.

진정 죽기를 각오하고 싸우려는 다섯 소녀의 태도에 북리곤은 감동

받았지만 쓴웃음을 머금지 않을 수 없었다.

"내 한 몸은 능히 지킬 수 있으니 너희들은 나서지 않아도 된단다."

북리곤은 한 발 나서 곽량과 마주 섰다.

"원로원에서 아직 정식으로 공표하지 않았다고 해도 이미 난 오성마루를 관장하는 루주요. 그렇지 않소?"

"으음……! 그건 사실이오. 하지만……."

북리곤을 루주로 인정하게 되면 지금의 행동은 곧 루주에 대한 불경이 된다. 그렇다고 북리곤의 말을 부정할 수도 없어 일시지간 곽량은 당황을 감출 수 없었다.

북리곤의 표정이 차가워졌다.

"난 내 몸을 지키기 위해 싸울 것이지만 싸움을 하다 보면 불상사가 일어날 수 있는 법. 그대가 과연 그 뒤의 일을 감당할 수 있을지 모르겠구려."

"……!"

법밀전주 곽량의 얼굴이 굳어졌다.

북리곤의 말은 미묘했다.

수하들이 다치게 되면 그 책임을 누가 질 거냐고 언급하는 것 같기도 했지만 또 다른 의미가 있는 듯했다.

곽량이 생각하기에 싸움이 벌어진다면 부상을 입을 사람은 북리곤뿐이었다. 공력이 없는 일개 청년을 제압하지 못할 법밀전 수하들이 아니었다. 결국 북리곤은 자신의 몸을 무기로 협박하고 있는 것이고 과연 그가 부상을 입거나 죽게 되는 일이 발생한다면 뒷일을 감당하기 힘들었다.

'싸움이 벌어질 리가 없지. 싸움도 서로 비슷해야 가능한 게야. 공

력이 없는 일개 청년을 온전히 제압 못 할 리가 없지 않은가.'

곽량이 내심 고개를 젓는 순간 북리곤이 허리에서 반검 미완을 끌러 내 오른손에 쥔 채 수평으로 내밀었다.

북리곤의 이 자세는 실로 기이했다.

오십 명에 달하는 법밀전 수하들의 포위망 안에 갇혀 있지만 기이하게도 무척이나 자유로운 느낌을 준다.

한자리에 머물러 있을 수도 있고, 또한 어디로든 자유롭게 갈 수 있을 것 같은 느낌…….

순간, 곽량은 자신이 북리곤의 공격권 안에 갇혀 있음을 깨닫게 되었다.

포위를 당해 압박을 받고 있는 건 오히려 곽량과 법밀전 수하들이었다.

'이, 이게 뭐지?

곽량은 내심 크게 놀라지 않을 수 없었다.

북리곤에게서는 분명히 한 줌의 공력도 느껴지지 않는다. 한데 놀랍게도 오성마루 십대고수에 속하는 곽량으로서도 감당하기 어려운 위압감이 느껴지고 있었다.

후우욱……!

그 위압감에 대응하기 위해 곽량은 크게 기세를 일으켰다.

한순간, 눈에 보이지는 않되 해일처럼 거대한 기세가 그의 전신에서 넘실거리기 시작했다. 가히 초절정고수다운 기세였다.

그가 기세를 일으키자 법밀전 수하들은 압박에서 벗어날 수 있었다.

곽량이 고개를 끄덕이며 한 걸음 물러섰다. 공격하라는 신호였다.

슷……! 스슷!

선두의 법밀전 수하들 중 세 명이 북리곤을 향해 덮쳐들었다.

법밀전의 수하들은 한 명 한 명 모두 일류 고수들, 그들 앞에서 공력이 없는 일개 청년이 무기를 들고 있는 것은 어린아이가 나뭇가지 하나를 들고 어른을 상대하는 격이나 마찬가지라 할 수 있다.

적어도 곽량이 보기엔 그랬다.

하지만 결과는 정반대였다.

북리곤은 덮쳐 오는 법밀전 수하들을 마중하듯 한 걸음 내디뎠는데 어느새 그들의 옆을 스쳐 뒤로 돌아가 있었다.

그 순간 곽량은 똑똑히 볼 수 있었다. 북리곤이 칼등으로 각기 세 명의 수하들 몸 한 부분을 가볍게 그어버리는 것을.

어리둥절해져 망연히 서 있는 법밀전 수하 세 명을 향해 북리곤이 싱긋 미소를 던졌다.

"그대들은 이미 죽었소. 죽은 사람은 더 이상 공격할 수 없는 법이지. 아니, 서 있을 수도 없는 법이니 그 자리에 누워야겠소."

공격에 참가했던 세 명의 수하들이 멍청한 표정이 되어 곽량을 돌아보았다.

"빨리 제자리에 쓰러지지 않고 뭐들 하시오! 내가 진정으로 베어야만 내 말을 믿을 것이오?"

북리곤이 정색한 채 나직이 소리쳤다.

수하 중 한 명이 빤히 북리곤을 바라보다가 고개를 한번 갸웃하더니 마치 진짜로 칼날에 베인 시늉을 하며 제자리에서 풀썩 쓰러져 버렸다.

그러자 두 번째 수하는 검을 들고 있던 오른손의 손목을 왼손으로 부여잡은 채 한 걸음 뒤로 물러났다. 마치 손목이 베어져 더 이상 싸울 수 없다는 듯한 태도였다.

세 번째 수하는 북리곤이 스쳐 가는 순간 반검이 자신의 목을 그은 것을 기억해 내며 짐짓 통나무처럼 뒤로 빳빳이 넘어갔다.

그들은 실제로는 죽지 않았음은 물론 다치지도 않았지만 이 싸움에서는 이미 죽거나 다쳐 공격 능력을 잃은 상태였다.

그들의 눈에는 손에 사정을 둔 북리곤에 대한 감사의 빛이 담겨 있었다.

어찌 보면 북리곤과 세 명의 수하들이 장난을 치는 것 같은 광경이었다.

곽량의 등줄기를 타고 한 줄기 소름이 돋았다.

그의 뇌리로 새삼 조금 전에 북리곤이 했던 말이 스쳐 갔다. 북리곤의 말이 결코 허장성세가 아니었다.

'진정으로 본인이 아니라 수하들이 다치는 것을 우려했단 말인가?'

곽량은 자신의 눈으로 직접 목격했지만 이 사실을 납득하기 힘들었다.

파파파팍!

그가 수하들 중 몇을 향해 다시 고개를 끄덕이자 다시 다섯 명의 수하가 북리곤을 향해 덮쳐들었다.

그들의 공세는 살벌하기 이를 데 없어 첫 번째로 공격해 왔던 수하들과는 달리 전력을 다하고 있었다.

북리곤은 그들을 맞이해 다시 한 걸음을 내디디며 별안간 빙글 몸을 돌려 등을 보였다. 하지만 바로 그 순간 그의 몸은 이미 제자리에 없었다.

다섯 자루의 검 중 어느 한 자루도 북리곤의 반검과 마주친 것은 없었다.

두 번째로 공격에 나선 법밀전 수하들 다섯 명 중 어느 누구도 북리곤의 옷자락 하나 건드린 사람도 없었다.

하지만 북리곤의 반검은 어느새 그들 다섯 명의 몸 일부분을 스쳐 간 상태였다.

손목이나 발목, 또는 목이나 요혈들이었다.

모두 공력이 없이도 치명적인 부상을 입힐 수 있는 곳들로서 북리곤이 마음만 먹었다면 단 한 명도 멀쩡한 사람이 없었을 게 분명했다.

상황이 이렇게 되자 곽량으로서는 더 이상 북리곤을 경시할 수 없었다.

그야말로 진퇴양난이라고 할까.

수하들을 동원해 북리곤을 체포하는 건 이제 불가능했다. 물론 독하게 마음먹고 전력을 다한다면 결국 체포할 수는 있겠지만 수하들 반 이상을 잃을 각오를 해야 한다.

방법은 하나, 그가 직접 나서는 것뿐이었다.

곽량이 북리곤을 직시했다. 동시에 엄청난 기세가 그의 전신에 넘실거렸다.

북리곤은 반검을 수평으로 내밀어 곽량을 향했다.

이십사능보가 제아무리 신묘하다 해도 공력이 없는 상태에서 곽량 정도의 고수를 상대로 긴 싸움을 할 수는 없다. 아무리 길게 잡아도 버티는 건 십여 초에 불과하다. 그 안에 싸움을 끝내야 했다. 누가 쓰러지든.

어쩌면 그에게 주어진 기회는 단 일 초에 불과할지도 몰랐다.

북리곤은 차분히 마음을 가라앉혔다.

마음이 편하다.

북리곤은 곽량이 뿜어내는 엄청난 기세 앞에서도 기이할 정도로 마음이 평온함을 느꼈다. 이기고 지는 것은 물론, 심지어 죽고 사는 것조차 자신과는 상관없다는 마음이었다.

순간, 북리곤은 자신의 무공이 한 단계 높은 성취로 올라섰음을 깨달았다. 어쩌면 공력이 사라지는 바람에 얻은 깨달음인지도 몰랐다.

북리곤과 마주선 곽량은 내심 크게 놀라지 않을 수 없었다.

어지간한 고수들조차 그가 일부러 일으킨 기세 앞에서는 제대로 서 있을 수 없으리만치 위축된다. 하지만 북리곤은 의연하기만 했다.

'그리고 저 자세는 혹시 뇌광섬이 아닐까……?'

곽량이 보기에 북리곤의 태도는 절대 허장성세가 아니었다.

그는 마치 청량한 산들바람 앞에 선 사람처럼 상쾌해 보이기만 한다. 게다가 싸움을 앞둔 사람답지 않게 자신만의 상념에 빠져 있는 것 같은 태도이기도 했다.

그러면서도 만들다 만 것 같은 반검을 늘어뜨리고 우뚝 서 있는 자세에서 어떤 현기가 엿보인다. 보기에는 허점투성이 같지만 막상 공격하려고 하자 허점을 찾아볼 수 없는 난공불락의 자세였다. 바로 오성마루의 다섯 가문 중 한 곳의 절기인 뇌광섬이었다.

점차 곽량의 이마에 땀방울이 맺히기 시작했다.

곽량이 갈등할 수밖에 없는 이유는 모험을 할 수 없는 입장이기 때문이었다.

그 자신이 부상을 입거나 죽게 되는 건 두렵지 않다. 문제는 이제 북리곤을 온전히 생포할 자신이 없어졌다는 점이었다.

차 한 잔 마실 정도의 시간이 흘렀을까?

결국 곽량은 북리곤과의 싸움을 포기한 듯 기세를 풀며 입을 열었다.

"이후로 두 번 다시 묵룡대제의 후인에 대한 심문은 없을 것이오."

묵룡대제와의 은원을 따지는 것은 북리곤이 정식으로 루주로 공표되기 전까지만 가능한 일이다. 북리곤이 일단 오성마루의 루주로 공표되면 모든 게 묻힐 수밖에 없었다.

곽량은 법밀전주로서 스스로에게 다짐하듯 말을 끝맺은 후 한 걸음 뒤로 물러나 예의를 갖추듯 허리를 숙였다.

"난 이제 법밀전으로 가지 않아도 되는 것이오?"

북리곤은 반검을 허리에 차며 질문을 던졌다.

곽량이 허리를 숙였다.

"예, 루주님!"

"루주님……?"

"그렇습니다. 아직 원로원에서 정식으로 공표하지 않았어도 루주님은 루주님인 것입니다. 이제부터 루주님에게 불경을 저지르게 되면 그가 누가 되었든 법밀전에서 죄를 물을 것입니다."

곽량은 우직스러운 표정으로 대답했다.

놀랍게도 죽으라고 명령을 내리면 거리낌 없이 목숨을 내놓을 충복으로 바뀐 태도였다.

북리곤은 물론 지켜보고 있던 다섯 시비조차 곽량의 이런 돌변한 태도에 멍청해지지 않을 수 없었다.

북리곤의 뇌리로 한 인물의 영상이 스쳐 갔다.

'자신이 인정한 인물에게는 절대충성을 바친다? 이 사람… 월단퇴의 목장부와 비슷한 성품을 지닌 사람이로구나.'

"잠깐!"

북리곤은 수하들을 인솔해 돌아가려던 곽량을 불러 세웠다.

“하명하십시오, 루주님!”

곽량이 다시 허리를 숙였다. 정중함이 지나쳐 불러 세운 북리곤이 머쓱해질 정도였다.

“그대와 내가 싸움을 했다면 어떻게 되었을 것 같소?”

질문은 받은 곽량이 당황한 표정이 되었다가 북리곤과 눈을 마주쳤다.

질문할 게 있으나 감히 질문할 수 없다는 태도였다.

북리곤이 고개를 끄덕였다.

“먼저 내 생각을 묻는 것이라면… 난 한 줌의 공력도 없지만 기이하게도 패하지 않을 거라고 느꼈소.”

“루주님께서 그렇게 생각하셨다면 그게 맞을 겁니다. 속하는 처음 이곳에 올 때까지만 해도 루주님을 압송하는 일에 아무런 문제도 없을 것이라 자신했었습니다.”

곽량은 자신의 생각을 감추는 성품이 아닌 듯 거침없이 말을 이었다.

“한데 루주님께서 검을 꺼냈을 때 그 생각이 바뀌었습니다. 아무래도 쉽지 않겠다고 말입니다. 그러다가 루주님과 대치해 선 순간 속하는 압송하기는커녕 주루님을 이기지도 못할 것이라고 느꼈습니다.”

‘한 사람은 패하지 않을 것이라 느꼈고 그 상대는 이기지 못할 거라는 느낌이었다?’

북리곤이 생각에 잠겨 있을 때 곽량은 다시 한 번 예를 갖춘 후 수하들과 함께 돌아갔다.

북리곤은 사실 곽량을 물리쳤지만 어떻게 해서 물리칠 수 있었는지 그 자신도 알지 못했다.

'먼저 토납좌공으로 내공을 쌓아 기초를 튼튼히 하고 몸을 단련하며 무공의 초식을 연마하는 것은 모두 몸으로 하는 것이다. 한데 무공의 끝은 종내 마음이 아닐까……?'

북리곤은 잠마비고를 향해 걸음을 옮기며 생각에 잠겼다. 그 짧은 순간 여러 차례 감응이 있었지만 애석하게도 그는 그것이 무엇인지 깨닫지 못했다.

지하로 이어진 계단 끝에는 거대한 석문 하나가 자리해 있었다.

석문 앞에 이르자 다섯 시비는 걸음을 멈췄다.

"루주님, 저희는 더 이상 갈 수 없어요."

"우리는 잠마비고에 들어갈 수 없어요."

"천천히 돌아보고 나오세요. 저희는 화원에서 기다리고 있겠어요."

흑의노인이 석문 한쪽의 기관 장치를 조작하자 둔중한 음향과 함께 거대한 석문이 열리며 안쪽으로 이어진 통로가 모습을 드러냈다.

흑의노인의 안내를 받으며 안으로 들어가자 뒤에서 석문이 닫혔다. 입구가 닫혔음에도 불구하고 내부는 조금도 어둡지 않았다. 천장 곳곳에 어른 주먹 크기의 야명주들이 박혀 있기 때문이었다.

통로를 따라 이십여 걸음을 걸어 들어가자 좌우로 석실 두 개가 있었고 전면에 석문이 굳게 닫혀 있는 또 하나의 석실이 있었다.

"오른쪽 석실은 천하각처에서 수집해 놓은 각 문파의 무공 비급들이 보관되어 있는 곳입니다."

북리곤이 법밀전주 곽량을 물리치는 것을 직접 목격한 때문인지 흑의노인의 태도는 더할 나위 없이 정중해져 있었다.

잠마비고는 모두 세 부분으로 나뉘어 있었는데 석실 하나의 넓이가 방원 삼십여 장에 달해 전체가 무려 방원 일백여 장이 넘을 듯했다.

'그렇다면 왼쪽의 석실에는 오성마루의 다섯 가문 무공들과 수집해 놓은 병기들이 보관되어 있을 터…….'

북리곤은 두 개의 석실보다 석문이 굳게 닫혀 있는 앞쪽의 석실에 관심이 끌렸다.

"이곳에는 무엇이 있습니까?"

"루주의 연공실입니다만 루주 외에는 어느 누구도 들어갈 수 없는 곳이라 이백 년 전부터 지금까지 아무도 들어가지 못했습니다."

대답과 함께 흑의노인은 석문을 여는 기관 장치를 조작했다.

흑의노인은 연공실을 여는 방법을 알려주려는 듯 일부러 천천히 기관 장치를 조작했는데 과연 석문 중앙에 돌출해 있는 아홉 개의 돌조각을 누르는 순서를 모르는 사람은 문을 열 수 없을 것 같았다.

"그럼 속하는 이만 물러가겠습니다. 입구 옆에 작은 종 하나가 걸려 있으니 분부하실 일이 있으면 그 종을 흔드십시오."

흑의노인이 물러나자 북리곤은 천천히 잠마비고 내부를 둘러보았다.

다른 사람들이었다면 그 엄청난 무공 비급과 신병이기들을 보고 가슴이 설레었겠지만 첫 번째 석실은 물론이고 두 번째 석실에서도 특별히 북리곤의 흥미를 잡아끄는 것은 눈에 띄지 않았다.

오히려 그가 흥미를 느낀 곳은 연공실이었다.

연공실은 둥그런 원형으로 이루어져 있었는데 중앙의 바닥에 작은 원 하나가 새겨져 있었다. 간신히 한 사람이 서 있을 수 있는 크기의 원이었다.

"여기 서서 무공을 연마하라는 뜻인가……?"

호기심을 느낀 북리곤은 원 안에 선 채 주위를 둘러보았다.

아무리 둘러보아도 그냥 평범한 연공실이었다.

폐관수련에 대비해 한쪽에 벽곡단을 넣어둔 항아리와 식수로 사용할 수 있는 작은 샘이 보였고 그 외에 원형으로 되어 있는 벽면에 기이한 형상들이 그려져 있을 뿐이었다.

북리곤은 원 가운데 서서 주위의 벽면에 그려져 있는 그림들을 자세히 살피기 시작했다.

벽면이 원형으로 이어져 있으니 시작과 끝이 없다. 그저 임의로 시작을 정해 둘러봐야 할 것 같았다.

첫 번째 그림에는 한 사람이 검을 들고 검무를 추는 그림이 연속 동작으로 그려져 있었고 그 동작이 끝나는 부위부터 각기 다른 방향을 향하고 있는 수십여 자루의 칼이 그려져 있었다.

삼십여 개의 도의 그림이 끝나는 부위부터는 한 여인이 장법을 펼치는 그림이 그려져 있었는데 사람의 모습은 조악하기 이를 데 없어 대충 그린 듯하지만 손바닥의 형태는 또렷하고 정밀했다.

네 번째 그림은 다시 한 사람이 도를 들고 연무하는 그림이 그려져 있었다. 두 번째로 그려져 있는 수십여 자루의 도에서 느껴지던 기세와 그 느낌이 확연히 달랐다.

마지막 그림에는 단창을 쥔 무인의 여러 동작이 표현되어 있었다.

2

모든 그림들은 화공이 그리지 않은 듯 조악했다. 게다가 한 사람이 그린 게 아니라 각 부위마다 다른 사람이 그린 게 분명했는데 모두 다섯 명이었다.

이미 그림에 일가견이 있는 북리곤은 그 그림들이 그림이라고는 한 번도 그려보지 않은 사람들이 그린 것임을 알 수 있었다.

"단순히 그림으로만 따진다면 단 한 푼의 가치도 매길 수 없는 그림들이다. 한데 이런 그림들이 왜 루주의 연공실에 그려져 있는 걸까?"

한 시진가량이 흐른 뒤 북리곤은 입구의 종을 흔들었다.

종소리는 맑은 가운데 깊은 음량을 지닌 채 울려 퍼졌지만 그 소리는 크지 않아 과연 석문 밖까지 들릴지 의아스러울 정도였다.

하지만 그것은 북리곤의 기우였다. 종을 흔든 지 삼각도 지나기 전에 문이 열리며 흑의노인이 들어왔던 것이다.

"분부하실 일이라도……?"

"당분간 이 안에서 지낼 생각이니 내 소지품을 가져다주면 고맙겠습니다."

"예."

"참… 이곳의 연공실이 원래 이랬습니까?"

몸을 돌리려던 흑의노인이 의혹의 빛을 떠올리며 고개를 저었다.

"원래는 두 개의 석실뿐이었는데 이백 년 전 공사를 해서 연공실을 새로 만들었다고 알고 있습니다."

"이백 년 전이라면 다섯 가문에서 힘을 합쳐 루주를 선출하지 못하면 강호에 나갈 수 없다는 율법이 만들어진 그때이겠군요. 또 묵룡대제와 부딪친 때이기도 하고요."

흑의노인이 흠칫 놀라 망연히 북리곤을 바라보았다.

"아무튼 원로원에서 신임 루주 공표식이 있게 되면 알려주십시오."

북리곤의 소지품과 함께 다섯 시비가 들이닥친 것은 한 시진 뒤의 일이었다.

"루주님, 정말 잘 생각하셨어요."

"원로원의 공표가 있기 전까지는 이곳에서 지내시는 게 안전할 거예요, 루주님!"

"루주님! 이곳은 아무나 들어올 수 없는 곳이니 이제 걱정 마세요."

종소리가 들려 무심코 입구 앞으로 나왔던 북리곤은 다섯 시비가 재잘거리는 소리가 끝날 때까지 인내해야 했다.

헤어진 지 불과 두 시진가량밖에 되지 않았지만 다섯 시비의 태도는 그렇지 않았다. 마치 몇 년 만에 전장에서 돌아온 친오빠를 대하듯 호들갑스러웠는데 그녀들에게는 나름대로 이유가 있었다.

"루주님! 물론 연공실에 들어가 보셨겠지요?"

"그 연공실 어디엔가 이백 년 전 오성마루를 봉문했던 다섯 조사께서 함께 창안해 낸 무공이 있다는 전설이 있어요."

"그 무공만 찾아낸다면 루주님은 정말로 우리 루주님이 되실 수 있어요."

특별히 비밀을 알려준다는 듯한 태도, 다섯 명의 시비는 모두 들떠 있었다.

"알았다. 내 반드시 그 무공을 찾아내 진짜 루주가 될 것이다."

다섯 시비가 도무지 놓아줄 것 같지 않자 북리곤은 짐짓 비장한 태도로 입을 열었다.

그제야 다섯 시비는 안도했다는 태도들이 되었다.

"루주님은 이제부터 밤낮을 아끼지 않고 다섯 조사께서 남기신 무공을 찾아내야 하니 우린 그만 물러나자고."

“맞아. 우린 루주님의 시간을 빼앗으면 안 돼.”

“그럼 루주님, 꼭 성공하셔야 해요.”

헤어지기 싫지만 이제부터 무공에 정진해야 하는 북리곤을 위해 어쩔 수 없이 물러간다는 태도.

북리곤은 웃음을 참느라 곤욕을 치렀지만 결국 다섯 시비에게서 해방될 수 있었다.

* * *

그림은 조악했지만 그 동작들은 살아 있었다. 처음부터 그림이 목적이 아니라 무언가를 전달하기 위한 그림이었다.

“역시 내 예상대로 이 그림들은 이백 년 전의 다섯 가주들이 말년에 함께 창안해 낸 어떤 무공을 연마하도록 그려진 것이다.”

잠마비고 안에서의 생활은 단조롭기 그지없었다.

해가 뜨고 지는 것을 알 수 없으니 그저 피곤하면 눈을 붙이고 시장기가 느껴지면 벽곡단을 먹는다.

한껏 게으름을 피우는 것도 하루 이틀, 늘어지게 자고 나니 더 이상 잠도 오지 않는다. 게다가 아직 초선산의 약력이 체내에 남아 있어 내공을 연마할 수도 없었다.

결국 북리곤은 무료함을 달래기 위해서라도 수련에 매진할 수밖에 없었다.

“먼저 오성마루 다섯 가문의 무공을 터득해야만 이분들이 함께 창안했다는 무공이 어떤 것인지 알게 되지 않을까?”

삼 일째 되는 날, 북리곤은 두 개의 석실 중 왼쪽 석실을 자세히 살펴보기 시작했다. 오성마루를 구성하고 있는 다섯 가문의 독문무공들이 보관되어 있는 석실이었다.

서가에는 각 가문별로 무공 비급들이 정리되어 있었는데 하급 무사들이 연마하는 무공부터 가주들이 익히는 무공까지 총망라되어 있었다.

다섯 가문이 뭉쳐 하나의 문파를 만든다는 건 쉬운 일이 아니다.

서로에 대한 진정한 믿음이 없으면 불가능한 일… 과연 오성마루의 다섯 가문은 서로 자신의 모든 것을 드러내 놓으며 신뢰를 쌓아 하나의 문파로 결속된 듯했다.

"각자의 야망이 다르고 서로에 대한 시기심도 없지 않을 텐데 이미 유구한 역사를 이어져 내려왔음이니 정말이지 대단한 일이구나. 한데……."

감탄성을 터뜨리던 북리곤이 문득 고개를 저었다.

"이렇게 똘똘 뭉쳐 있던 다섯 가문이 이백 년 전부터 반목하기 시작해 루주조차 선출하지 못했으니 선조들이 알면 땅을 치겠구나."

북리곤은 한숨을 내쉬며 가장 먼저 오성마루의 다섯 가문 중 군마루(群魔樓)의 무공 비급을 살피기 시작했다.

군마루의 가주는 십망세야(十網勢爺) 주중천(周仲祄).

혈막의 옥광산에서 함께 탈출했던 인물 중 가장 말수가 적은 중년인으로 눈꽃이 흩어지듯 현란한 도법을 구사하던 인물이었다.

"도왕의 도법에 비해 손색이 없는 무공이다. 기세는 도왕의 도법이 한 수 위이지만 그 정묘함은 오히려 그것을 능가한다."

잠시 후, 북리곤은 나직이 중얼거리며 두 번째 서가에 다가들었다.

적상마루(赤象魔樓)의 독문무공은 천마혈인장(天魔血印掌)으로 오성만 연성해도 능히 적수가 없다는 패도적인 장법이었다.

북리곤이 만나봤던 다섯 가주 중 비도관홍 종일이 바로 적상마루의 당대 가주였다.

그는 여간해서는 천마혈인장을 펼치지 않고 한 자루 비도로 적을 상대했는데 비도술 또한 가히 천하무적이라 할 만했다.

두 종의 도법과 하나의 검법, 그리고 장법 한 가지와 단창을 다루는 창술 하나.

밥 한 끼 지을 시간쯤 흐른 후, 북리곤은 다섯 가문의 독문무공을 모두 훑어볼 수 있었는데 어느 것 하나 강하지 않은 무공이 없었다.

"그야말로 하나같이 절정에 이른 신공들… 과연 오성마루로구나."

목표가 생기면 식음을 전폐하고 매달리는 게 바로 북리곤의 성격.

그 집중력과 집요함이 다시 발휘되기 시작했다.

북리곤은 다섯 종의 신공을 기초부터 연성할 생각이 아니었다. 지금의 북리곤에게 필요한 것은 그 무공들의 오의를 깨치는 것이지 몸으로 익히고 연마할 필요는 없었다.

이미 검의 끝을 보았다는 검왕의 검법을 이어받았으니 다른 검법의 오의를 깨치는 것은 가히 어려운 일이 아니다.

다른 무공들 또한 마찬가지였다.

생각하고 또 생각해 생각이 생각의 꼬리를 물고 이어진다.

처음에는 검루의 검법으로 시작했지만 어느새 적상마루의 장법으로 생각이 움직이다가 어느덧 십훼마루의 창술로 상념이 넘어간다.

북리곤은 끝없이 다섯 종의 무공과 검왕의 검법, 곽량과 대치했을 때 찾아온 어떤 감응에 대해 생각하고 또 생각하다 어느 사이엔가 깊은 명상에 잠겨 자신을 잊었다.

기이한 것은 깊은 명상에 잠겨 있는 동안에도 그의 감각은 주위의 모든 것을 인지할 수 있다는 점이었다.

눈을 감고 있어도 잠마비고 안의 모든 것이 느껴진다. 심지어 공기의 흐름과 그 미세한 바뀜마저 그의 감각을 속일 수 없을 정도였다.

시간이 흐를수록 그가 인지하고 관장하는 범위가 넓어졌는데 종래에 그의 보이지 않는 촉수가 잠마비고 외곽의 화원 밖에까지 뻗어가는 느낌이었다.

만약 공력이 온전하다면 이건 특별한 일도 아니었다. 원래 그는 막대한 공력 때문에 방원 일백여 장을 감지할 수 있었다. 하지만 지금은 사정이 달랐다. 단 한 줌의 공력도 없는 상태이건만 마치 일 갑자 이상의 공력을 지닌 고수들처럼 주위를 감지할 수 있었던 것이다.

북리곤으로서는 너무도 즐겁고 소중한 시간들이었다. 다행인 것은 그동안 아무도 그를 방해하지 않았다는 점이었다.

하지만 그 행복은 너무도 짧았다.

소녀라기에는 너무 성숙한 느낌을 주고, 여인으로 칭하기에는 너무도 청순해 보인다.

맑은 눈망울은 세상에 대한 호기심과 열정을 지니고 있되 단 한 점의 욕된 감정도 엿보이지 않았다.

너무도 맑고 순수하고 곱게만 느껴져 어찌 보면 성스러운 느낌마저 든다.

대략 이십 대 초반?

눈처럼 흰 백의를 걸친 여인이 잠마비고에 들어온 것은 북리곤이 잠마비고에서 생활한 지 보름째 되는 날이었다.

아름답고 청순하다.

대하는 이로 하여금 보호해 주고 싶은 충동이 들게 하는 느낌, 심지어 같은 여자라 할지라도 그녀를 위해서라면 무엇이든 해주고 싶다는 충동을 느낄 것 같았다.

'이 여인은… 위험하군.'

하지만 북리곤만큼은 달랐다. 어찌된 일인지 그 청순함을 대하고 오히려 거부감을 느낀 것이다.

"저는 이수(珥粹)라고 합니다. 검루의 여식이지요."

"아… 처음 뵙겠소이다."

맑고 깊은 눈빛이 북리곤의 눈을 파고든다.

북리곤은 내심 이채를 머금지 않을 수 없었다.

'이 잠마비고에 들어왔으니 검루의 후대 가주로 내정된 후계자가 분명한데 일개 여인의 몸으로 이미 후계자로 정해졌다니 놀랍구나.'

검루의 당대 가주는 남천검 대태무로서 혈막의 옥광산에서 싸울 때 전광이 번뜩이는 것 같은 검법을 구사하던 백의노인이었다.

대이수는 북리곤과 인사를 한 뒤 이리저리 석실 안을 둘러보기 시작했다.

그 자태가 또한 조용한 가운데 기품이 있어 마치 선녀가 고적한 화원을 거니는 착각이 들 정도였다.

북리곤은 두 번째 석실의 서탁 앞에 앉아 머릿속에서 다섯 가문의 무공을 정리하고 있던 중이었다.

북리곤이 별 관심을 보이지 않고 연공실로 가려는 듯 몸을 일으키자 대이수의 눈에 이채가 스쳐 갔다.

"사실 할 말이 있어 찾아왔어요."

"무슨……?"

"제 조부님에 대한 이야기예요."

"그대의 조부라면 남천검 대태무 어르신 아니오?"

"맞아요. 휴우……!"

대이수가 돌연 처연한 표정이 되어 한숨을 내쉬었다. 그 모습이 오히려 대하는 이로 하여금 가슴이 철렁 내려앉게 할 정도로 고혹적이었다.

"제 조부님은 태어날 때부터 루주가 되도록 키워진 분이세요. 그분의 일생은 오로지 루주가 되는 것에 맞춰져 있었지요."

"그랬구려."

북리곤이 고개를 끄덕였다.

새삼 남천검 대태무의 모습이 그의 뇌리를 스쳐 갔다.

절제된 행동과 자연스럽게 몸에 배어 있는 위엄, 가히 지금 당장 오성마루의 루주가 된다 해도 부족함이 없을 듯한 인물이었다.

대이수가 그윽한 눈길로 북리곤을 응시했다.

"한 가지 부탁이 있어요. 아마 내일이면 원로원의 공표가 있을 거예요."

"내일이라……?"

북리곤으로서는 특별히 반가울 것도 없는 말이었다.

하지만 언제고 겪어야 할 일이기도 했다.

대이수의 눈길이 더욱 그윽해졌다.

"루주로 공표된 뒤… 그 자리를 제 조부님에게 물려주실 수 없나요?"

북리곤의 얼굴이 굳어졌다.

그는 천천히 고개를 저은 후 대이수를 직시했다.

"내가 설령 그렇게 한다고 해도 그게 효력이 있겠소?"

"네. 일단 정식으로 공표되면 그 후 루주께서 어떤 일을 해도 오성마루의 전 제자들은 무조건 따를 뿐이에요. 루주 자리를 남에게 물려주는 것도 루주의 뜻이지요."

북리곤이 별안간 환하게 웃었다.

"그렇다면 내일 이후에는 내가 진짜 루주로군. 생각해 봤는데… 그냥 내가 계속 루주를 해야 할 것 같소."

"예에?"

대이수는 북리곤의 갑작스러운 말에 흠칫 놀란 빛을 떠올렸다.

북리곤이 빙글빙글 웃으며 말을 이었다.

"사실 난 귀찮아서 루주 같은 거 안 하려고 했는데 이 자리를 누군가에게 넘겨주려고 해도 쉬운 문제가 아니더군요. 그래서 결국 내가 하기로 결정을 내린 것이오."

"무, 무슨……!"

북리곤의 태도는 단호했다.

대이수가 부탁하는 바람에 오히려 더욱더 결심을 굳힌 듯한 결연한 태도였다.

한참 동안 망연히 서 있던 대이수가 돌연 옷고름을 잡아갔다.

사르륵!

겉옷이 흘러내리며 하늘하늘한 속옷과 함께 고혹적인 몸매가 적나라하게 모습을 드러냈다.

북리곤이 크게 놀라 눈을 동그랗게 뜨고 바라보는 사이 대이수는 거침없이 실오라기 하나 걸치지 않은 알몸이 되어갔다.

긴 흑발이 출렁이며 나신을 가릴 듯 흘러내렸는데 그 모습이 오히려 더욱 무서운 마력을 뿜어내고 있었다.

북리곤의 얼굴이 차갑게 굳어졌다.

"추악해. 썩은 냄새로 머리가 아플 지경이구나."

"뭐, 뭐라고?"

"나는 지금까지 여자들을 아름답고 청순하게만 보아왔는데 네가 좋은 걸 가르쳐 주었구나. 세상에는 너 같은 여자들도 있다는 걸 말이다."

북리곤의 이어지는 말에 대이수의 표정이 일그러졌다.

북리곤이 내뱉듯 차갑게 말을 이었다.

"남자는 말이다, 아무리 좋아하는 것이라도 썩은 것에는 손도 대지 않는 법이란다. 만에 하나 네 조부라는 사람이 자신의 손녀에게 이런 짓까지 시켰다면 나는 그를 절대로 용서하지 않을 것이다."

"이… 이 새끼!"

아름답고 청순하며 또 더할 나위 없이 온순하던 대이수의 태도가 한순간에 바뀌었다.

"어차피 넌 아무 실권도 없는 허수아비 루주야. 루주가 탄생하지 못하면 강호에 나갈 수 없다는 율법 때문에 편법으로 만든 루주이니까."

입가에 걸려 있는 야비한 미소, 상스럽게 느껴지는 거친 말투.

성녀에서 한순간에 악녀로 변했다고 할까?

북리곤이 고개를 끄덕였다.

대이수가 본래의 성정을 드러낼 것을 예측하고 있었다는 듯 태연한 태도였다.

대이수가 악을 쓰듯 외쳤다.

"흥! 사실 조부님께서는 이미 다섯 가문 중 세 가문을 장악하셨으니 네가 딴 짓을 하면 피바람이 불게 돼. 물론 네 목숨도 부지할 수 없을 테고."

대이수가 한순간에 성녀에서 악녀로 변해 악다구니를 쓴 후 잠마비고를 빠져 나가자 북리곤이 고개를 저었다.

"저 여자는 아마 지금까지 자신이 원하던 것을 손에 넣지 못한 적이 단 한 번도 없었을 것이다. 주위의 사람들이 자신의 말을 무조건 들어주는 게 당연한 게 되어버려 지금에 와서는 고칠 수 없는 병이 되었구나."

북리곤의 뇌리로 문득 동옥군의 모습이 떠올랐다.

동옥군은 겉으로 보기에는 도도하고 사나우며 응석받이로 자라 성격도 뒤틀어져 있을 것처럼 보였지만 실상은 전혀 달랐다.

반면에 대이수는 아름다운 데다 청순해 보였지만 내면은 정반대였다.

'휴우……! 그까짓 루주자리가 뭔데 한 여자를 저렇게 만들었을까……?'

짙은 환멸감 때문에 모든 걸 내팽개치고 떠나고 싶다. 하지만 생각해 보니 그것이 또한 남천검 대태무의 의도일 수도 있어 그렇게 할 수도 없었다.

第二章

황당한 기연

황당한 기연 1

대이수가 잠마비고를 나가자 북리곤은 곧바로 연공실로 향했다. 그녀와의 불쾌한 만남을 잊기 위해서라도 무언가에 열중해야만 했다.

한데 연공실을 향해 걸어가던 그의 몸이 돌연 굳어졌다.

공력이 없는 상태에서도 방원 일백여 장을 인지할 수 있는 북리곤이다. 그것은 보거나 들어서 아는 오감(五感)이 아니라 그저 느끼게 되는 특별한 능력이었다.

때문에 그의 주위 일백여 장 외곽에 항상 보이지 않는 감각의 그물망이 넓게 펼쳐져 있는 것과 마찬가지였는데 그 경계 안으로 누군가가 들어와 있었다.

북리곤은 걸음을 멈추고 천천히 고개를 돌려 주위를 둘러보았다.

보이는 것은 아무것도 없었다.

아무리 주위를 기울여 보아도 일체의 기척도 느낄 수 없었다. 하지만 기이하게도 자신을 지켜보고 있는 누군가의 시선이 느껴진다.

'내 감각을 속이고 이렇게 감쪽같이 몸을 숨긴다는 건 인간으로서는 불가능하다. 게다가 여긴 철통같은 경계망이 펼쳐져 있는 잠마비고인데 어떻게……?'

짐작건대 누군가가 잠입했다면 대이수가 나가기 위해 잠마비고의 문을 연 그 순간일 것이다.

북리곤은 혹시 귀신을 만난 게 아닌가 하는 황당한 생각을 떠올리다가 고개를 저었다.

'과연 이 정도의 경지에 오른 무인이 존재할 수 있을까? 날 찾아 왔으니 나와 관련이 있는 사람일 텐데 내가 아는 사람 중에 과연 누구일까……?'

불현듯 한 사람이 북리곤의 뇌리에 떠올랐다.

북리곤은 별안간 환하게 웃으며 입을 열었다.

"광사군께서 오셨습니까?"

"그래! 내가 문주 앞에 있네."

음성이 들려온 곳은 북리곤의 정면이었다.

거리는 불과 이 장여, 음성과 동시에 우뚝 서 있는 광사군의 모습이 북리곤의 눈에 들어왔다. 분명히 조금 전까지만 해도 보이지 않던 광사군이 원래부터 그 자리에 서 있었던 것처럼 그렇게 모습을 드러낸 것이다.

광사군의 기도는 예전과 확연히 달랐다.

겉으로 보기에는 북리곤보다도 한두 살 어려 보이는 모습 그대로이다. 하지만 그 위엄이 달랐다.

무어라 형용하기 힘든 느낌… 인간이되 이미 인간을 초월한 듯한 존재감.

자연스럽게 번져 나오는 그 기이한 위엄에 지금까지 누구 앞에서도 위축되어 본 적이 없는 북리곤조차 자신도 모르게 몸이 떨려오는 것을 느껴야 했다.

"기억을 되찾으셨군요?"

"그렇다네."

"그동안 어디 계셨습니까? 어디를 다녀오신 것입니까?"

북리곤은 반가움에 덥석 끌어안고 싶은 충동을 느꼈지만 감히 그러지 못했다.

광사군이 고개를 돌려 주위를 둘러보았다.

북리곤이 고개를 끄덕였다.

"저쪽 석실에 서탁이 있고 의자도 있습니다. 이야기가 길어질 것 같으니 그곳으로 가시지요."

서탁 앞에 앉자 광사군이 담담한 음성으로 입을 열었다.

"꿈속에 나타나던 장소는 소주였네. 그곳이 내가 태어나 자란 내 고향이었더군."

"소주라면 강소성 아닙니까?"

북리곤은 전에 광사군에 대한 서류를 읽은 기억을 떠올리며 고개를 끄덕였다.

"맞네. 항구가 아름답기로 유명한 곳이지."

수양이 깊은 고승에게서 느껴지는 잔잔함이라고 할까.

광사군의 기도는 그야말로 심연처럼 잔잔했다.

"소주에 도착할 때까지만 해도 난 기억이 온전치 않았지. 한데 그곳에 갔더니 내가 사랑하던 여인이 예전의 모습 그대로 있더군. 그 때문에 한순간에 모든 기억을 되찾을 수 있었네."

"예전에 사랑하던 분이 옛날 모습 그대로 아직도 그곳에 살고 있었다고 하셨습니까?"

북리곤은 어리둥절해져 반문을 던지지 않을 수 없었다.

광사군이 고개를 저었다.

"미망에서 깨어나자 그녀가 아니라는 걸 알게 되었네. 그 아이는 내가 사랑하던 여인의 손녀였고 곧 내 손녀였지. 워낙 그녀와 똑같이 생겨 한순간 착각에 빠진 것이었네."

"아……!"

과거를 이야기하려던 게 아니라 기억을 되찾은 과정을 이야기하기 위한 대화였기 때문에 광사군은 더 이상 이야기를 하려 하지 않았다.

"개인적인 일로 강호에 나간 적이 한 번 있다던데 무슨 일 때문이었는지 말씀해 주실 수 없습니까?"

북리곤은 광사군에 대한 서류를 읽은 바 있어 그가 복수를 위해 월단퇴에 입문했던 사실을 이미 잘 알고 있었다.

질문은 던진 것은 단지 대화를 이끌어내기 위해서였다.

광사군의 눈 깊은 곳에 언뜻 고통스러워하는 빛이 스쳐 갔다.

이미 일백 년 가까이 흐른 오래된 일이지만 그에게는 불과 몇 년 전의 일처럼 기억되는, 떠올리기 싫은 과거임이 분명했다.

짧은 순간, 온갖 감정의 기복을 겪는 듯 표정을 변화시키던 광사군의 얼굴이 다시 물처럼 잔잔히 가라앉았다.

"내가 월단퇴에 입문한 것은 무공을 배워 복수하기 위해서였지. 결국 난 집안의 원수들을 한 명도 남기지 않고 모두 죽였네. 한데… 한데……."

광사군이 말끝을 흐렸다. 또다시 그의 눈 깊은 곳에 고통스러워하는 빛이 떠올랐다.

북리곤은 섣불리 질문을 던지지 않고 참을성 있게 기다렸다.

광사군이 복수를 마친 후 모든 것을 버리고 무공에만 빠졌던 이유가 궁금했다.

"내 사랑은 한여름날 천둥 번개 같은… 그런 것이었네. 그야말로 느닷없이 우린 서로를 사랑하게 된 것이네. 서로에 대해서 아무것도 모른다는 것 따위는 문제가 되지 않았네."

얼마의 시간이 흘렀을까?

광사군의 눈이 먼 과거를 보는 듯 아련해져 갔다.

하지만 아련했던 그 눈빛은 점차 처절한 고통의 빛으로 바뀌어갔다.

"복수를 끝낸 나는 그녀를 찾았네. 하지만 그녀는 이미 출가를 했더군."

광사군이 복수를 하기 위해 월단퇴에 입문해 무공을 연마한 기간은 육 년여…….

그 사이 광사군이 사랑하던 여인은 이미 다른 남자와 혼인을 한 상태였다.

"나는 절망했지만 그녀를 탓할 수는 없었네. 오히려 난 진심으로 그녀의 행복을 빌어주었네."

광사군의 이야기는 끊이지 않고 이어졌지만 결코 북리곤에게 들려주기 위한 것이 아니었다.

그는 단지 아득한 과거의 회한에 잠겨 스스로 독백을 이어갈 뿐이었다.

"그녀에게는 이미 아이가 있더군. 여섯 살가량 된 사내아이였네. 난 한눈에 그 아이가 우리의 아이라는 걸 알 수 있었네."

'그렇다면 뱃속의 아이를 지키기 위해 다른 남자와 서둘러 혼인을 한 것이 아닐까?'

북리곤이 내심 고개를 끄덕였다.

아직 혼인을 하지 않은 여자가 아이를 낳아 기를 수는 없다. 세상의 이목도 두렵지만 무엇보다도 집안에서 용서하지 않을 게 분명했다.

"그 아이가 내 아이라는 것을 알고 나서 난 무척 행복했네. 비록 먼발치에서 몰래 숨어서 지켜봐야만 하는 입장이었지만 말이네. 한데……."

광사군의 행복은 길지 않았다.

먼발치에서나마 자신의 아이와 사랑하던 여인을 지켜보기 시작한 다음 날 광사군은 여인이 어디론가 급히 떠나는 것을 보게 된다. 그녀의 친정에 변고가 생겼다는 연락을 받은 것이다.

"그녀가 황급히 달려 간 곳에는… 바로 내 손에 죽은 시체들만이 가득했네."

"맙소사! 그렇다면 광사군께서 복수를 한 곳이 바로 그분의 가문이었단 말입니까?"

북리곤은 깜짝 놀라 자신도 모르게 비명을 질렀다.

광사군은 북리곤의 말을 듣지 못한 듯 비통한 눈빛이 되어 허공을 응시했다. 그 눈에는 광기마저 어려 있어 아차 하면 심마에 침범되는 게 아닐까 염려스러울 정도였다.

'참으로 기구한 운명이로구나.'

오랫동안 침묵이 이어졌다.

광사군은 두 번 다시 입을 열지 않을 듯 허공만을 노려보고 있었고 북리곤 역시 감히 무어라 입을 열지 못했다.
광사군의 눈빛이 다시 해탈의 경지에 이른 고승의 그것처럼 담담하게 바뀐 것은 한 식경 정도나 흐른 뒤였다.
"월단퇴에는 신세를 졌어. 특히 문주에게. 해서 언제고 문주의 부탁 한 가지 정도는 들어주어야겠다고 생각하고 있네."
그저 지나가는 말투였고 단지 부탁 한 가지 정도는 들어줄 수 있다는 가벼운 말이다. 하지만 그것은 일종의 약속이라 할 수 있었다.
그 점을 깨달은 북리곤은 광사군이 한 말의 무게를 느낄 수 있었다. 부탁을 들어준다고 했지만 광사군은 아마 자신의 죽음을 명해도 거절하지 않을 것이다.
북리곤이 문득 생각이 미친 듯 의아해하는 표정이 되어 입을 열었다.
"월영 장로님과 함께하시지 않았습니까?"
광사군의 입가에 보일락 말락 희미한 미소가 스쳐 갔다.
"내가 기억을 되찾고 난 뒤 우리 관계가 좀 이상해졌네. 뭐, 서먹해졌다고 할까?"
당연한 일이 아닐 수 없었다.
월영은 광사군에게 자식 같은 정을 느끼고 있었지만 광사군이 기억을 되찾는 순간 더 이상 지금까지의 관계를 유지할 수 없었다. 그가 키우고 보살폈던 광사군은 이제 존재하지 않았던 것이다.
"세상을 한 바퀴 둘러보겠다며 떠났네. 나도 그럴 생각이야."
"어디로?"
북리곤이 흠칫 놀란 표정으로 질문을 던졌다.
광사군의 눈빛이 그윽해졌다.

"정해 놓은 곳은 없네. 그저 마음 가는 대로 살아볼 생각이야. 지금으로써는 아무것도 결정한 게 없어."

아무것도 결정하지 않고 그저 마음 가는 대로 살겠다는 것은 마음이 바뀌면 월단퇴로 돌아올 수도 있다는 뜻이기도 했다.

북리곤은 좋은 쪽으로 생각하고 고개를 끄덕였다.

문득 북리곤이 친근한 미소를 머금었다.

"분명히 한 가지 정도는 제 부탁을 들어준다고 하셨는데… 하지만 막상 부탁드릴 게 있어도 어디 계신지도 모르니 부탁할 방법이 없지 않습니까?"

"내가 어떻게 문주를 찾아왔을 것 같은가?"

광사군이 부드럽게 미소하며 품속에서 금모신원을 꺼냈다. 수혈을 짚어둔 듯 금모신원은 정신없이 잠들어 있었다.

"이놈… 정말 후각이 예민하더군. 이놈 덕분에 문주의 행적을 고스란히 밟아 올 수 있었네."

그 말을 끝으로 광사군이 몸을 일으켰다.

북리곤은 어쩐지 다급해지지 않을 수 없었다.

"벌써 가시게요?"

"자네가 갑자기 없어지는 바람에 월단퇴가 발칵 뒤집혔네. 일절 청부도 받지 않은 채 전 제자들이 지금까지 자네의 행적을 찾고 있는 실정이네."

"아……!"

뜨끔해진 북리곤은 애써 광사군의 눈을 피한 채 딴청을 하지 않을 수 없었다.

북리곤은 혈막의 옥광산을 떠나 이곳 오성마루까지 오는 도중에 월단퇴에 연락을 취할 수도 있었지만 일부러 연락하지 않았다. 오성마루의 일이 마무리될 때까지 월단퇴를 끌어들이고 싶지 않았기 때문이었다.

"무사한 걸 보았으니 난 이 길로 떠날 생각이네."

기구한 운명 때문에 세상사에 회의를 느낀 데다 무공을 익히는 과정에서 주화입마되어 지난 구십 년의 세월을 잃어버린 광사군이다.

지금에 이르러 세상의 어떤 일도 그의 관심을 끌 수는 없었다.

그런 광사군이 그동안 북리곤을 찾기 위해 노심초사했다는 것은 북리곤에 대한 그의 마음이 어떠하리라는 것을 충분히 짐작할 수 있는 일이었다.

"잠깐 한 가지 보아주실 게 있습니다."

북리곤은 광사군과 이렇게 헤어지는 게 싫어 황급히 그를 제지했다.

그는 광사군을 이끌고 연무장 안으로 들어섰는데 과연 광사군은 연무장의 벽면에 그려져 있는 그림들에 흥미를 느낀 듯했다.

애써 부탁하지 않았는데도 광사군은 연무장 중앙의 원 안에 선 채 주위를 둘러보기 시작했다.

마치 보이지 않는 어떤 공격에 대응하는 듯한 모습이라고 할까?

광사군은 혼자 손을 움직이거나 발을 조금씩 바꿔보기도 했는데 북리곤의 의도대로 벽면의 무공들을 파악하고 있는 게 분명했다.

하지만 그의 흥미는 오래가지 않았다.

광사군은 북리곤이 자신을 연공실에 데려온 이유를 짐작하고 있다는 듯 담담히 입을 열었다.

"어떤 무공이라도 종내에는 깨달음의 경지이네. 마음을 쓰게."

북리곤이 응석받이 손자가 친조부에게 응석을 부리듯 손을 내저었다.

"그런 식으로 뜬구름 잡는 말씀을 하실 게 아니라 똑 부러지게 가르쳐 주면 안 됩니까? 시간이 별로 없어서 말입니다."

광사군의 표정이 엄숙해졌다.

"깨달음이란 깨달음을 얻기 위해 정진하는 과정도 그 안에 포함되는 것이야. 이 깨달음은 온전히 문주의 몫이라는 뜻이네."

"압니다, 안다고요! 하지만 시간이 없어서 그 과정을 건너뛰고 싶단 말입니다."

"내가 도와준다면 지금 당장에라도 오의를 얻을 수는 있네. 하지만 그런다고 좋을 게 뭐가 있겠는가."

"깨달음이라는 게 한순간에 올 수도 있지만 평생 오지 않을 수도 있는 거 아닙니까. 난 지금 급하단 말입니다."

"끝내 얻지 못한다고 해도 그리 나쁜 일은 아니야."

북리곤이 계속 고집스럽게 벽면의 그림들에 대한 해답을 요구하자 광사군이 알 듯 모를 듯 신비한 미소를 머금었다.

광사군이 떠난 뒤 북리곤은 다시 연공실로 들어섰다.

벽면의 그림들을 다시 살펴보니 모두 오성마루 다섯 가문의 무공들을 바탕으로 한 초식들을 그려놓은 것들임을 알 수 있었다.

오성마루의 다섯 가문에 전해져 오는 무공들은 각기 절정에 달한 신공들이었는데 그 위력에서도 서로 우열을 가릴 수 없었다.

문제는 다섯 가지 신공을 모두 연성한다고 무공이 다섯 배로 강해지지는 않는다는 점이었다.

물론 한 가지 무공만을 연성한 것보다는 많은 무공들을 접해보는 것이 확실히 이득이 있기는 하다. 적의 무공에 대응해 그에 상응하는 무공을 펼칠 수도 있다는 장점이 있기 때문이다.

북리곤은 다시 중앙에 그려져 있는 작은 원 안에 선 채 주위의 벽면을 둘러보기 시작했다.

'광사군께서는 마치 저 그림 속의 초식들이 진짜로 살아 움직여 공격을 해오고 있는 것처럼 생각하고 그에 대응하는 듯했다.'

북리곤은 조금 전 광사군이 손을 움직이거나 조금씩 발을 움직이던 모습을 떠올리고 한 가지 생각을 떠올렸다.

광사군과 달리 북리곤은 이미 그 다섯 가지 무공의 구결과 초식의 운용에 대해 터득하고 있는 상태.

원 안에 선 채 주위를 둘러보자 벽면의 그림들이 무엇을 나타내는지 확연히 알 수 있었다.

'협공이다! 그림 속의 초식들이 협공하는 형태로 한 가지 무공을 만들어내고 있다. 이 무공을 알기 위해서는 과연 오성마루 다섯 가문의 무공 모두를 알고 있어야 한다.'

얼마의 시간이 흘렀을까?

북리곤의 내심으로 환호성이 터져 나왔다.

벽면의 그림들이 무엇을 나타내는지 깨닫고 난 뒤부터는 일사천리였다.

다섯 가문의 다섯 종의 신공들 속에서 뽑아낸 초식들을 하나로 이어 한 가지 신공을 만들어낸다.

북리곤은 무아지경에 빠져 그림 속의 무공들을 하나의 무공으로 만들기 시작했다.

대략 한 시진가량 흐른 뒤 북리곤은 결국 한 가지 신공을 완성시킬 수 있었다. 아직 능숙하게 펼칠 수는 없으되 이미 그 근간을 터득해 숙

달시키는 건 시간문제였다.

사실 서로 다른 다섯 종의 무공에서 일부분만을 취해 다시 하나의 무공으로 완성하는 것은 결코 간단한 일이 아니었다.

첫째로, 다섯 가문의 무공을 모두 알고 있어야 하고 둘째로는 그 조각들을 뒤섞어 하나의 무공으로 이을 수 있는 이해력이 있어야 했다.

'뭔가 이상한데……?'

새로 얻은 신공을 완전히 깨치기 위해 몇 차례 연무해 보던 북리곤이 문득 고개를 갸웃했다.

다섯 가지 무공의 일부분을 합쳐 새로 만들어낸 무공은 무언가 이상했다.

초식의 연결이 어딘가 매끄럽지 않을 뿐만 아니라 어떤 초식에서는 이해할 수 없는 초수가 연속되고 있었다.

게다가 북리곤을 어리둥절하게 만든 가장 큰 이유는 이 무공을 십이성 대성한다고 해도 그 위력이 다섯 가문의 무공에 비해 강하지 않다는 점이었다. 쉽게 말하면 이백 년 전의 다섯 가주들이 힘을 합쳐 만들어낸 무공이 다섯 가문의 원래 무공에 비해 특별할 게 없었던 것이다.

'이게 뭐야? 이백 년 전 다섯 가문의 가주들이 힘을 합쳐 만들어낸 신공이라고 해서 잔뜩 기대를 했는데 별거 없잖아! 그래서 광사군께서도 이내 흥미를 잃은 모양이구나. 그렇다면 무엇 때문에 다섯 종의 신공을 뒤섞으며 이런 무공을 만들어낸 것일까?'

생각이 많았지만 북리곤은 쉬지 않고 몸을 움직여 새로 얻은 신공을 익혀가기 시작했다.

그가 이 무공이 묵룡대제와 관계가 있다는 것을 깨달은 것은 다시 한 시진이 흐른 뒤였다.

"이제 알겠다. 이 무공은 전문적으로 묵룡대제의 무공을 상대하기 위해 만들어진 무공이다!"

실로 기이한 인연이 아닐 수 없었다.

묵룡대제를 상대하기 위해 만들어낸 무공이 그 후인인 북리곤에게 이어졌음이니 어찌 공교롭지 않을 수 있겠는가.

벽면에 그려진 무공의 실체를 깨닫게 된 북리곤은 내심 어이가 없는 한편 섬뜩해지는 기분이기도 했다.

기실 묵룡신공과 오성마루 다섯 가문의 무공들은 각기 절정에 오른 신공들로 서로 그 우열을 가리기 힘들었다.

승패가 갈라지는 건 단지 익힌 사람의 재질과 그 외의 여러 가지 변수에 의해서일 뿐, 무공으로만 따진다면 위력 또한 서로 대등했다.

미루어 짐작하건대 이백 년 전, 다섯 가문의 가주들은 묵룡대제에게 모두 패한 게 분명했다.

'다섯 가주가 합공을 했다면 묵룡대제에게 패했을 리 없지만 자존심이 강한 그들이 합공하지는 않았을 테고… 결국 실전 경험이 많은 묵룡대제께서 다섯 가주 모두에게 일천 초에 반 초 차이 정도로 승리했을 것이다.'

묵룡신공과 오성마루의 다섯 신공을 비교해 보던 북리곤이 고개를 끄덕였다. 기쁨에 들뜬 표정이었다.

"하지만 이제는 다르다."

전문적으로 묵룡신공의 약점만을 파헤친 무공을 얻게 된 것은 북리곤에게 있어 실로 황당한 일이 아닐 수 없었다.

북리곤은 묵룡신공을 익혔지만 상극의 무공이 존재할 수 있다는 것은 짐작도 하지 못한 상태, 그야말로 묵룡신공을 완벽한 무공으로 완성시킬 수 있는 엄청난 기연이었던 것이다.

2

“내일입니까?”

“예. 정오에 신임 루주의 공표식이 있을 예정이니 원로원에 가셔야 합니다.”

“이 잠마비고를 폐쇄시키는 방법이 있습니까?”

“안에서 기관 장치를 조작하면 밖에서는 열 수 없습니다.”

“만약 내일 원로원에 가지 않으면 어떻게 됩니까?”

“뭐 형식적인 행사이니 신임 루주가 참석하지 않는다고 해도 원로원에서는 새로운 루주의 탄생을 선포할 것입니다.”

“법밀전의 곽 전주를 불러주십시오.”

잠마비고를 지키고 있는 흑의노인은 구소전(九巢殿)의 전주로서 부도(仆倒) 엄승명(儼承銘)이었다.

저녁이 되었을 때 엄승명은 과연 대이수가 미리 일러준 대로 내일 신임 루주 공표식이 있을 것이라고 보고해 왔다.

하지만 북리곤은 잠마비고를 떠나는 대신 법밀전의 곽량을 호출했다.

“난 내일 원로원에 가지 않음은 물론 루주로 공표된 뒤에도 당분간 이곳에서 지낼 것입니다.”

“알겠습니다.”

법밀전주 곽량은 이미 북리곤을 진정한 루주로 인정했기에 아무런 반문도 던지지 않고 복명했다. 하지만 그의 눈에는 의아해하는 빛이 떠올라 있었다.

북리곤이 말을 이었다.

"빠르면 열흘 정도 뒤에는 나가야 하는데 그때 날 지켜줄 수 있습니까?"

결국 곽량은 질문을 던지지 않을 수 없다는 듯 조심스럽게 입을 열었다.

"누구로부터 말입니까?"

북리곤이 곽량의 눈을 직시했다.

"오성마루의 다섯 가문 중 세 가문 정도가 서로 연합해 모반을 꾸민다면 과연 날 지켜줄 수 있느냐는 게 내 질문의 요지입니다."

"그, 그것은?"

곽량의 얼굴이 굳어졌다.

북리곤이 손을 내저었다.

"내가 원하는 건 만에 하나 그런 일이 벌어질 경우 하루 정도만 날 지켜달라는 겁니다. 가능하겠습니까?"

북리곤의 말이 무엇을 의미하는지를 알게 된 곽량은 잔뜩 굳어진 채 생각에 잠겼다.

다시 입을 연 그의 전신에는 터질 것 같은 긴장이 가득 차 있었다.

"정천위대(頂天衛隊)까지 동원하면 그 정도의 시간은 벌 수 있을 것입니다."

"정천위대?"

"루주님 휘하에는 직속부대가 두 개 있습니다. 법밀전은 형을 집행하는 조직이니 당연히 루주님만의 명령을 받고 또 하나는 삼백 명으로 구성된 정천위대입니다."

"그러니까 루주의 거처인 일정천을 수호하는 세력이 바로 정천위대로군요. 그들의 인원 구성은 어떻게 됩니까?"

"법밀전은 형을 집행하는 조직이니만치 각 가문과는 관계가 없는 제자들로 구성되어 있지만 삼백 명의 정천위대는 각 가문에서 차출됩니다."

"그들을 믿을 수 있겠소?"

"일단 정천위대로 선발되면 오직 루주에게만 충성하도록 교육받았으니 믿어도 될 것입니다."

북리곤이 고개를 끄덕인 후 다시 곽량을 바라보았다.

"혹시 검루에서 모반을 일으킬 경우 함께 움직일 가문이 어느 곳인지 알고 있습니까?"

곽량이 고개를 끄덕였다.

"예. 법밀전은 형을 집행하느니만치 내부의 정보에 정통해야 합니다. 해서 이미 검루에서 다른 두 가문을 포섭한 걸 파악하고 있었습니다."

"좋습니다. 검루와 손을 잡지 않은 나머지 두 가문에 모반에 대비하라고 전달해 주십시오."

"모, 모반이란 말입니까?"

눈앞에서 땅이 뒤집힌다고 해도 절대로 놀랄 것 같지 않을 것 같은 곽량이 떨리는 음성으로 반문을 던졌다.

"아직은 일어나지 않았습니다. 내 예상이 맞다면 내일 루주 공표식이 있고 난 뒤 내가 검루의 요구를 거절하게 되면 그런 일이 일어납니다."

"으음……!"

북리곤이 잔잔한 미소를 머금었다. 자신감에 넘치는 미소였다.

"난 싸우려는 게 아니라 일단 도발을 못 하게 막으려는 것뿐입니다. 그 뒤의 일은 따로 생각이 있으니 염려하지 않아도 됩니다. 참, 혈막에서 사과하기 위해 사람들이 오면 알려주십시오."

"예."

대답을 한 후 돌아서는 곽량의 표정은 더할 나위 없이 무거웠다. 반면에 북리곤의 표정은 느긋하기만 했다.

다음 날부터 북리곤은 잠마비고를 걸어 잠그고 그 안에서 유유자적하기 시작했다.

루주의 공표식이 있고 난 뒤부터 상황이 긴박하게 돌아가고 있는 게 분명했지만 북리곤으로서는 관심이 없었다.

특히 검루의 제자들이 수시로 잠마비고로 찾아와 북리곤을 잠마비고에서 나오도록 종용했지만 잠마비고는 안에서 굳게 잠겨 열 수가 없었다.

그동안 그는 잠마비고 안에서 새로 보완한 묵룡신공을 연마하기도 하고 또 오성마루의 다섯 무공에 대해 참오하기도 하며 느긋한 마음으로 시간을 보냈다.

* * *

혈막의 사절단이 도착한 것은 보름 뒤였다. 북리곤을 감금하고 강제 노역을 시킨 것에 대해 정식으로 사과하기 위한 사절단이었다.

북리곤은 혈막의 사절단이 도착했다는 연락을 받은 뒤에야 잠마비고를 나섰다.

일백 명의 법밀전 수하들이 근접 거리에서 인의 장벽을 둘러치고 그 앞뒤에는 정천위대가 오와 열을 맞춰 호위한다.

그 위용이 대단해 제왕의 행차를 방불케 했다.

검루에서 모반을 계획하고 있다고 해도 혈막의 사절단이 방문해 있을 동안은 움직일 수 없을 터, 그럼에도 불구하고 북리곤은 그야말로 안전에 안전을 기한 후에야 잠마비고에서 나온 것이다.

혈막의 사과사절단은 그 규모가 작지 않아 부막주인 동호극을 수장으로 총 오십여 명에 달했다.

북리곤이 살펴보니 사과사절단을 이루고 있는 수하들 대부분은 옥광산에서 근무하던 자들이었다. 옥광산과 관련이 있는 모든 수하들을 데리고 온 것은 화가 풀리지 않으면 그들 모두를 죽여도 좋다는 의미가 담겨 있는 듯했다.

예물은 최상품의 옥 세 수레와 초선산의 해약 한 단지였다.

북리곤은 일정천의 영빈관에서 혈막의 사절단을 맞이하다가 사절단 속에 동옥군이 섞여 있는 것을 발견하고 내심 반가움을 금치 못했다. 하지만 자리가 자리이니만치 동옥군과는 그저 눈으로만 인사를 주고받았을 뿐이었다.

'예상대로 과연 해약이 있었구나.'

일반적인 산공산이라면 따로 해약을 만들지 않는다. 일정기간이 지나면 저절로 풀려나기 때문이었다. 하지만 초선산은 공력을 회복하는 시간이 너무 길어 해약을 따로 제조한 듯했다.

예물의 내용을 확인하고 사과사절단의 수장인 동호극으로부터 정식으로 용서를 구한다는 인사를 받고 답례를 하는 등…….

모든 행사는 다분히 형식적이었다.

하지만 또한 반드시 필요한 형식이기도 했다.

북리곤으로서는 따분하기만 한 일이었지만 어쩔 수 없었다.

북리곤은 옥광산을 마을 사람들에게 돌려주고 풀려난 사람들을 추적하지 않는다는 조건을 걸어 혈막과의 일을 마무리 지었다.

그렇지 않아도 혈막에서는 천하방에 옥광산에 대한 것을 해명해야 하는 문제로 골치가 아플 게 분명했다.

모든 행사가 끝난 뒤 루주의 거처로 돌아 온 북리곤이 가장 먼저 초선산의 해약을 복용했다.

약력이 전신으로 퍼지기 시작한 지 대략 반 시진가량 되었을까?

꽈아아앙!

돌연 둑이 터지듯 엄청난 내력이 용솟음치며 전신의 경혈로 흘러 들어가기 시작했다.

그동안 흩어져 있던 공력이 한순간에 모두 회복되며 전신경혈이 터져 나갈 듯 도도히 원전되기 시작한다. 그 힘이 너무도 강렬해 전신이 벼락을 맞은 듯 들썩일 정도였다.

선천무상결의 구결대로 진기를 일주천한 후 눈을 뜬 북리곤은 내공이 회복되었을 뿐만 아니라 원래의 내공보다도 증가했음을 느끼고 내심 기쁨을 감추지 못했다.

잠시 후, 북리곤은 다섯 명의 시비를 방으로 불러들였다.

"네 이름이 가려라고 했느냐?"

"예, 루주님!"

대가려는 북리곤이 자신의 이름을 정확히 기억하고 있는 것에 기뻐서 어쩔 줄 몰라 했다.

그녀는 샛별처럼 반짝이는 눈을 북리곤의 얼굴에 고정시킨 채 어떤 일을 시켜도 해내겠다는 듯한 태도였다.

"먼저 너는 원로원으로 가서 삼 일 뒤 비무 대회가 있을 것이라고 전해다오."

"정말이에요? 난 비무 대회를 좋아해요."

"어떤 비무 대회인가요?"

"구경 중에 최고는 쌈 구경하고 불구경이라고 했어요. 누가 누구와 싸우는 건가요?"

비무 대회라는 말에 다섯 시비는 일제히 환호성을 터뜨렸다.

북리곤은 실소를 지으며 다섯 시비를 둘러보았다.

"난 루주가 되긴 했지만 원래 다섯 가문과는 아무런 상관이 없는 사람이다. 때문에 아마 적지 않은 제자들이 반감을 갖고 있을 것이다."

"반감을 갖고 있다니요? 절대 그런 일 없어요."

"만약 루주님에게 불경을 범하는 자가 있다면 법밀전에서 용서하지 않을 거예요."

"흥! 누가 감히 우리 루주님에게 그런 마음을 품고 있단 말인가요?"

북리곤의 말이 끝나기도 전에 다섯 시비는 작은 새처럼 떠들어대기 시작했다.

북리곤이 부드럽게 미소했다.

말 한마디 던질 때마다 이런 식으로 중도에서 엉뚱한 곳으로 대화를 이끌어 나가니 본론을 꺼낸다는 건 어쩌면 영원히 불가능할 듯했다.

하지만 북리곤은 다섯 꼬마 시비와의 이런 실랑이가 싫지 않았다.

"아니야. 다들 모르는 사람이 자신들의 루주가 된 것에 실망도 하고 또 반감을 갖게 되었을 것이다. 그래서 난 모든 제자에게 기회를 주고 싶다."

"어떤 기회를 말하는 건가요?"

"루주님! 그냥 빨리 결론을 말해주면 안되나요?"

"그게 비무 대회와 무슨 상관이 있나요?"

"내가 말하는 걸 방해하고 있는 건 너희들이다. 이제 중도에서 질문하는 것은 좀 참고 내 말을 끝까지 듣지 않겠느냐?"

"좋아요. 빨리 말씀해 주세요."

"루주님은 왜 말을 빙빙 돌리는지 모르겠어요."

"그만들 해. 루주님이 말씀하시잖아."

한바탕 왁자지껄 작은 소란이 가라앉자 북리곤이 천천히 말을 이었다.

"난 처음에는 다섯 가주로부터 시작해 결국 원로원의 추인을 받아 루주가 되었다. 그래서 내가 루주가 된 것에 불만을 갖고 있는 모든 제자에게 나와 비무할 수 있는 자격을 주고 싶구나."

"아……! 그러니까 무공으로 모두에게 인정을 받겠다는 뜻인가요?"

"본 루의 제자라면 어느 누구라도 루주님에게 도전할 수 있다는 건가요?"

"다섯 분의 가주들도 도전할 수 있는 건가요?"

다섯 시비의 얼굴이 돌연 굳어졌다.

북리곤은 그녀들이 무엇을 염려하는지 잘 알고 있었다.

다섯 시비 중 가장 나이가 많은 종영이 북리곤의 눈치를 살피며 조심스레 입을 열었다.

"루주님! 혹시 전대의 다섯 가주께서 남기신 신공을 얻으신 건가요?"

순간 나머지 소녀들이 일제히 입을 열었다.

"맞아, 맞아! 그래서 자신 있게 도전을 받아주신다는 거였어."

"어쩐지… 난 루주님이 잠마비고 안에서 너무 오랫동안 혼자 계셔서 머리가 이상해진 게 아닌가 걱정했다니까."

"와아… 그럼 이제 아무도 감히 루주님에게 반감을 갖지 못하게 되겠구나."

북리곤의 눈이 이번에는 십훼마루 출신의 상산에게 고정되었다.

"상산!"

"네, 루주님!"

상산 역시 대가려처럼 북리곤이 자신의 이름을 불러주자 너무 좋아 죽으라면 죽을 듯한 태도를 보였다.

"넌 곧바로 법밀전으로 가서 전주에게 본 련의 다섯 가주와 그 후계자들에게 대한 기록을 달라고 해 가져오너라."

"루주님의 명을 받습니다!"

상산은 당장에라도 법밀전으로 뛰어갈 듯 우렁차게 복명했다.

하지만 그녀는 물론이고 처음에 명을 받은 대가려도 미적거리기만 할 뿐 끝내 방을 나서지 않았다.

명을 받았으니 나가긴 해야겠는데 북리곤이 다른 아이들에게 또 어떤 일을 시킬지 궁금해서 움직일 수가 없었던 것이다.

북리곤은 대가려와 상산이 아직 움직이지 않고 있는 것을 무시한 채 희소교에게 눈을 주었다.

"소교."

"네! 루주님!"

결국 자신마저 불러주었다는 것에 감격한 듯 희소교가 부동자세를 취하며 우렁차게 대답했다.

그 태도가 너무도 앙증맞아 북리곤은 저절로 미소를 베어 물었다.

"네 본가로 가서 도고 어르신을 모셔 오너라. 단, 은밀히 움직여야 한다."

"각골명심하겠습니다."

희소교가 혼자서만 무슨 특명을 받은 듯 잔뜩 긴장한 채 대답하자 결국 북리곤이 대소를 터뜨렸다.

"하하하! 각골명심할 것까지는 없다. 그리고 종영은 정천위대의 대주에게 련의 내부 지리에 대한 도면을 얻어 오너라."

"예, 루주님!"

이렇게 해서 다섯 명의 시비 중 네 명에게 한 가지씩 임무가 주어졌다.

아직 임무를 맡지 못한 아이는 군마루 출신의 주능연뿐이었다.

북리곤이 주능연을 바라보았다.

"그리고 능연은……."

"부르셨습니까, 루주님!"

주능연이 한쪽 무릎을 꿇으며 북리곤의 명을 기다렸다.

'나 원 참… 이 아이들은 무슨 군대놀이라도 하는 줄 알고 있구나.'

북리곤으로서는 재미있기도 하고 황당하기도 했지만 아이들에게 태도를 바꾸라고 할 수도 없어 고개를 끄덕였다.

"향적주에 이야기해서 음식을 좀 마련해 오도록 해라. 한 달 가까이 벽곡단으로만 때워서 그런지 아까 저녁을 먹었는데도 계속 허기가 지는 느낌이구나."

명령이 떨어졌지만 다섯 시비 중 움직이는 아이는 한 명도 없었다.

자신이 떠난 뒤에 무언가 또 재미있는 일이 벌어질 것 같아 서로 눈치만 볼 뿐이었다.

아이들이 떠난 건 북리곤이 한 명, 한 명에게 일일이 눈을 맞춘 뒤였다.

第二章

공력을 되찾다

공력을 되찾다 1

주능연이 북리곤을 위해 음식을 마련해 온 것은 채 반 시진도 지나기 전이었다.

그야말로 진수성찬이라고나 할까. 탁자가 좁아 몇 가지 음식은 침상 위에 올려놓아야 할 정도였다.

북리곤은 그 짧은 시간에 이렇게 많은 음식을 차려 온 것을 보고 내심 쓴웃음을 머금지 않을 수 없었다.

향적주에서 발을 동동 구르며 재촉을 해댔을 주능연의 모습이 보지 않아도 눈에 선했다.

오랜만에 맛있는 음식을 먹는 기분은 차라리 황홀하기까지 하다.

북리곤이 작은 행복감에 빠져 음식에 취해 있을 때 도고 희설린이 들어섰다.

"오래만입니다, 루주님!"

"어서 오십시오. 결례를 용서하십시오."

"폐관을 마치고 나와 맛있는 음식을 먹는 그 기분… 잘 압니다. 천천히 드세요."

도고 희설린의 말투는 바뀌어 있었다.

원로원에서 북리곤을 루주로 추인하기 전까지는 편한 말투였지만 지금은 정중하기 이를 데 없었다.

북리곤은 희설린이 마실 차를 준비시킨 뒤 계속 음식을 먹으며 입을 열었다.

"다섯 가주분들과 그 후계자들에 대한 신상 기록을 자세히 살펴보기는 했지만 기록만으로 모든 것을 파악한다는 건 아무래도 쉽지가 않아서 조언을 구하기 위해 모셨습니다."

"조언이라면 어떤……?"

"대충 예상하고 계시겠지만 전 빠른 시일 안에 루주 자리를 누군가에게 물려주고 떠날 생각입니다."

"해서 누가 적당할지 제게 묻는 겁니까?"

북리곤은 입으로 우적우적 음식을 먹으며 편안한 표정으로 입을 열고 있지만 도고 희설린은 그렇지 못했다. 사안이 사안이니만치 신중해야 했다.

얼마의 시간이 흘렀을까?

적지 않은 시간 동안 생각에 잠겨 있던 도고 희설린이 결국 입을 연 것은 북리곤이 식사를 마친 뒤였다.

"검루의 남천검 대 가주께서는 오성마루를 이끌어 갈 충분한 능력을 갖고 계신 분입니다."

"대태무 가주 말입니까?"

북리곤이 다소 의외라는 듯 눈을 들었다.
도고 희설린이 오랜 고심 끝에 결정한 듯 단호하게 대답했다.
"하겠다는 사람에게 주지 않으면 결국 분란이 일어나게 마련입니다."
"하지만 그렇게 되면 후일 대이수가 조부의 자리를 물려받게 될 게 아닙니까?"
도고 희설린이 흠칫 놀란 빛을 떠올렸다.
"그 아이를 어떻게 알고 있습니까?"
북리곤은 잠마비고 안에서 대이수를 만났던 이야기를 들려주었다.
도고 희설린이 어이가 없다는 표정이 되었다가 같은 여자로서 마치 자신이 치부를 보이기라도 한 듯 얼굴을 붉혔다.
"그 아이의 심성을 대강은 알고 있었지만 그 정도일 줄이야."
"사실 전 어차피 떠날 사람이니 누가 루주가 되었든 상관이 없습니다만 후일 대이수가 루주가 되는 것만큼은 막고 싶습니다."
도고 희설린이 고개를 저었다.
"그건 그 아이가 혼자 결정하고 행동한 것입니다. 대 가주가 야망이 크고 독선적이기는 하지만 손녀에게 그런 더러운 짓을 시키면서까지 루주 자리를 탐할 사람은 아닙니다."
"그랬군요."
"대 가주에게 물려줄 때 대이수의 후계자 신분을 박탈하라는 조건을 거는 것도 괜찮겠군요. 그 정도만 이야기해도 대 가주가 알아들을 테니까요."
"음……!"
북리곤이 고개를 끄덕이며 몸을 일으켰다.

도고 희설린의 말에 이미 결정을 내렸다는 표정이었다.

"가만 있자… 검루가 어느 쪽이었더라?"

도고 희설린은 북리곤이 돌연 한쪽 서탁 위에 쌓여 있는 도면들을 뒤적이는 것을 보며 놀란 빛을 떠올렸다.

"혹시… 지금 곧바로 검루로 가시겠다는 건 아니겠지요?"

"맞습니다. 지금 바로 검루로 가서 대 가주를 만나볼 생각입니다."

그야말로 전격적인 행동이었지만 도고 희설린은 굳이 말리지 않았다.

"검루로 가실 거면 제가 안내하겠습니다. 같은 방향이니까요."

이미 늦은 시각이다.

더구나 아무리 루주라 해도 사전에 통보도 하지 않은 채 찾아가는 건 결례일 수도 있었다.

하지만 북리곤은 물론 도고 희설린조차 그런 것에는 신경도 쓰지 않았다.

그녀는 북리곤이 단신으로 검루를 방문하는 것도 크게 염려하지 않는 눈치였다.

그만치 북리곤을 믿었던 것이다.

밖으로 나서자 밤공기가 서늘하다.

잠시 후, 세 개의 전각을 돌아 전 앞에 또 다른 한 채의 전각이 눈에 들어왔을 때 도고 희설린이 걸음을 멈췄다.

"저곳이 검루입니다."

"이제부터는 저 혼자 가겠습니다."

문득 도고 희설린이 정색했다.

"그냥 계속 루주로 남아 있을 순 없나요?"

"예? 무슨 말씀이신지?"

"불현듯 루주님을 진정으로 우리의 루주로 모시는 게 어떨까 하는 생각이 들었습니다."

도고 희설린은 진심인 듯했다.

북리곤이 칭찬받은 어린아이처럼 얼굴을 붉히며 머리를 긁었다.

"뭐… 버겁기도 하고… 무엇보다 귀찮아서……."

"하아……!"

북리곤의 대꾸에 도고 희설린이 어이가 없다는 듯 입을 딱 벌렸다.

*　　　*　　　*

"놈이 그렇게 나올 줄이야……!"

"이렇게 되고 말았으니 거사는 불가능해졌습니다. 모반에도 명분이 따라야 합니다. 그렇지 않으면 제자들이 따르지 않을 테니까요."

"하지만 오히려 더 간단해진 거 아닙니까? 본가의 누군가가 도전해서 놈을 이기면 되니까요."

"글쎄… 그게 과연 그렇게 될지……?"

"무슨 말입니까? 일개 청년에 불과합니다. 설마 우리 중 어느 누구도 그 아이를 무공으로 이길 수 없단 뜻은 아니겠지요?"

"묵룡대제의 후예라는 게 아무래도 마음에 걸려서……."

"그렇습니다. 맹룡과강이라… 자신이 없으면 그런 짓은 하지도 않았을 겁니다."

검루의 회의청에서는 언제부터인가 십여 명이 둘러앉아 격론을 벌이고 있었다.

모두 문중에서 요직을 맡고 있는 인물이었다.

중앙의 태사의에 앉아 있는 가주 남천검 대태무는 눈을 지그시 감은 채 서로 싸울 듯 언쟁을 벌이고 있는 것을 듣고만 있었다.

회의는 벌써 한 시진째…….

거사는 포기하는 것으로 굳어져 가고 있었지만 그 뒤의 대책에 대해서는 결론을 못 내리고 있다.

직접 무공으로 도전하는 것도 경우의 수를 따져 봐야만 했다. 도전했다가 패하면 그것으로 끝이었다.

남천검 대태무의 왼쪽으로 세 번째 자리에 앉아 있던 이십 대 후반의 청년이 문득 몸을 일으켰다.

"삼 일 뒤 비무에서 제가 먼저 도전하겠습니다. 제가 패하게 되면 그때 가문의 어른들께서 나서시면 되지 않겠습니까?"

청년의 맞은편에 앉아 있던 오십 후반의 노인이 눈을 빛냈다.

"그러니까 네가 먼저 도전해 루주의 무공을 알아낸 뒤에 본가의 누군가가 나선다? 그랬다가 두 번째 도전도 실패하면 다시 세 번째로 나서고… 그런 식으로 본가의 제자 모두가 차륜전으로 나서라는 뜻이냐?"

청년은 맞은편 노인의 말에 차가운 질책의 빛이 담겨 있는 것을 느끼고 당황을 감추지 못했다.

"차륜전이라니요? 그런 뜻은 아니고 제 말은……."

"어리석은 놈! 한 가문에서 한 명 정도만이 도전할 기회를 얻게 될 것이다. 말 그대로 모든 제자가 도전하게 되면 차륜전이 되고 말 테니까."

청년은 힐끔 남천검 대태무의 눈치를 살핀 후 다시 자리에 앉았다.

회의를 거듭한다고 해도 결론은 나오지 않는다.

아무도 이야기를 꺼내지 못했을 뿐 결론은 남천검 대태무가 직접 루주에게 도전해서 이기는 한 가지 방법뿐이었다.

하지만 아무도 그 이야기를 먼저 꺼낼 수 없는 이유는 가주가 그 청년 루주를 이길 수 있다는 확신이 없기 때문이었다.

남천검 대태무의 오른쪽에는 대이수가 다소곳이 앉아 있었는데 그 얼굴에 짜증이 가득 담겨 있었다.

'그는 공력을 되찾은 것일까? 그래도 그렇지… 정말 자신이 있다는 겐가?'

남천검 대태무는 눈을 지그시 감은 채 오랫동안 생각에 잠겨 있었다.

그는 혈막의 옥광산에서 오성마루까지 오는 동안 북리곤이 공력도 없는 상태에서 십여 명의 살수들을 어렵지 않게 물리치는 것을 목격한 바 있었다.

단 한 푼의 공력도 없는 상태에서도 불가사의한 신위를 발휘했던 게 바로 북리곤이었다.

하물며 공력이 회복된 지금은 과연 어느 정도의 경지일지…….

'혹시 잠마비고에서 선조들의 신공마저 얻은 게 아닐까? 게다가 그는 묵룡대제의 후예… 어쩌면 신공을 얻지 않았다고 해도 힘든 상대였을지도 모르지.'

남천검 대태무는 회의에는 아무런 관심도 없이 생각을 거듭했지만 지금 상태에서는 아무런 결론을 내릴 수가 없었다.

"내가 직접 도전하겠다."

결국 남천검 대태무가 입을 연 것은 짜증을 참다못한 대이수가 무어라 입을 열려던 순간이었다.

무거운 침묵이 좌중을 내리눌렀다.

도전한 후에 닥쳐올 경우의 수…….

이긴다면야 물론 더할 나위 없이 좋은 일이다.

하지만 진다면?

생각해 보기도 싫은 참담한 결과에 아무도 입을 열 수 없었다.

단순히 검루에서 루주가 나오지 않았다는 게 문제가 아니라 검루의 위상마저 땅에 떨어지게 된다.

오성마루에서 검루가 차지하고 있는 비중은 실로 막대해 사실상 나머지 가문을 이끄는 입장이었던 것이다.

"가문으로서는 이백 년을 기다려 왔고 또 나 개인적으로도 오십 년을 기다려 온 일이다. 그저 포기할 수는 없지 않느냐!"

모두의 얼굴이 굳어졌다.

패할 것이라고 생각하지는 않지만 이긴다는 확신도 없는 일이었다.

돌연 회의청 문이 열리며 수하 한 명이 들어선 것은 바로 이때였다.

"루주께서 오셨습니다."

수하의 음성은 조심스러웠다.

누구에게라고 할 것 없이 모두에게 한 보고였는데 그 음성이 나직했지만 모두의 귀에는 마치 천둥이 울리는 듯한 내용이었다.

2

입구 쪽의 원로 두 명이 자신도 모르게 벌떡 몸을 일으켜 수하에게 반문을 던졌다.
"누가 왔다고?"
"루주가 본가에 왔단 말이냐?"
수하의 태도가 더욱 조심스러워졌다.
"예. 가주를 뵙고 싶다며 와 계십니다."
"그래, 어디에 있느냐?"
"그는… 누구와 함께 왔으며 언제 온 것이냐?"
원로 두 명이 자신도 모르게 경황없이 질문을 던졌다.
"사실은… 그게……."
수하가 얼굴을 붉힌 채 잔뜩 긴장한 태도로 더듬거렸다.
그 태도가 기이해 모두들 의혹의 눈빛을 던지지 않을 수 없었다.
"저희들도 루주께서 언제 오셨는지 모르고 있습니다. 단지 화원에서 계시는 모습을 발견했는데……."
수하는 이마의 땀을 훔치며 더 이상 말을 맺지 못했다.
"화원이라면 이 회의청 뒤가 아니냐?"
검루의 원로들이 기절할 듯 놀란 것은 수하가 말하고 있는 화원이 회의청과 맞붙어 있기 때문이었다.
창만 열면 바로 화원이었다.
"혼자 왔다고? 죽여 버려요! 지금 죽여야 해요!"
대이수가 벌떡 일어나 소리쳤다.
음성은 낮았지만 살기가 충만해 있어 섬뜩하기 이를 데 없는 음성이었다.
"물론 논란이 많겠지만 시간이 흐르면 가라앉을 거예요. 그는 어차피 본 루의 사람도 아니었으니 오래 관심을 가질 사람도 없어요. 본가에서 루주가 나오려면 그를 지금 죽여야 해요."

낮은 음성으로 소리치던 대이수는 점차 격양되어 종내에는 물에 빠진 어린 아들을 보며 악다구니를 쓰는 여인 같았다.

모두의 얼굴이 굳어졌다. 대이수의 말이 과연 한 방법일 수도 있다는 것에 생각이 미친 것이다.

죽인다.

다른 가문들이 일제히 들고일어나겠지만 결국에는 잠잠해질 것이다.

모두 남천검 대태무를 바라보았다.

하지만 이 순간 남천검 대태무는 대이수를 차가운 눈으로 노려보고 있을 뿐이었다.

"어리석은 것……! 네가 기껏 그 정도의 재목밖에 되지 못했단 말이냐!"

그 말을 끝으로 남천검 대태무는 황급히 입구 쪽으로 걸어가며 보고해온 수하에게 질문을 던졌다.

"화원에 계시다고 했느냐?"

* * *

날이 어두워져 꽃을 감상하기에는 늦은 듯했지만 화원의 수많은 꽃들이 달빛을 받고 있어 오히려 운치가 있었다.

북리곤은 진정 한가해 보이는 모습이었다.

그는 꽃송이를 손바닥으로 받쳐 들고 화향을 음미하고 있던 중이었다.

"루주께서 어인 일이십니까?"
남천검 대태무가 황급히 마중 나가며 정중하게 입을 열었다.
북리곤이 밝은 표정으로 그를 맞이했다.
"통보도 없이 결례를 했습니다."
"결례랄 것은……."
남천검 대태무가 당황을 금치 못하며 더듬거렸다.
사실 검루에 통보도 하지 않고 온 것은 북리곤으로서는 절대 결례가 아니었다.
오성마루의 루주라는 신분이 그러했다.
십만 명이 넘는 전 문도의 생사여탈권을 쥐고 있는 인물.
오성마루의 모든 것은 바로 그의 것이고 그것은 그 안의 사람도 마찬가지이다.
적어도 오성마루 내에서 만큼은 무소불위의 권한을 쥐고 있는 인물, 그가 바로 루주인 것이다.
"안으로 드시지요."
남천검 대태무가 정중히 권했다.
적의가 일절 엿보이지 않는 정중한 태도, 가히 일가의 수장다운 태도였다.
"아닙니다. 더 늦으면 진짜 결례일 것 같으니 그냥 여기서 말씀드리지요."
남천검 대태무는 진정 눈앞의 북리곤을 이해하기 힘들었다.
사실 지금의 북리곤에게 검루는 자칫하면 살신지화를 면치 못할 호굴이나 진배없었다.
지금 당장에라도 남천검 대태무가 독하게 마음먹는다면 그는 죽을 수밖에 없는 것이다.

북리곤이 정색했다.

"일가를 이끌어가는 수장은 함부로 싸움에 나서서는 안 된다고 하더군요. 위엄을 잃으면 제자들을 이끌어가기가 어려워지는 법이니까요."

남천검 대태무는 북리곤이 뜬금없이 던지는 말을 이해하기 위해 적지 않은 시간을 입을 열지 못했다.

"루주께서는 날더러 삼 일 뒤 비무에 나서지 말라고 하신 겁니까?"

"대 가주님과는 모든 제자가 지켜보는 가운데 비무를 할 게 아니라 아예 지금 이 자리에서 하는 게 어떨까 하고 제안하는 겁니다."

"그건……!"

남천검 대태무는 북리곤의 진의를 파악하느라 또다시 대답을 하지 못했다.

검의 흐름은 손을 따르고 손은 또한 마음의 움직임을 따른다.

모든 공격과 수비는 검에 의해 이루어지지만 실상 마음과 마음이 부딪치는 대결이었다.

차차차창!

전뇌와 같다고 할까.

검과 검이 한 차례에 수십여 번이나 격돌하며 불꽃을 튕겨내지만 모두가 한 호흡에 불과하다.

남천검 대태무는 이 한 번의 격돌로 북리곤의 성취가 자신에 못지않다는 것을 깨달을 수 있었다.

검의 운용은 물론이고 내공에서도 자신이 우위라고 할 수 없었다.

남천검 대태무는 그것을 믿을 수 없었다.

상대는 이제 갓 약관을 넘긴 듯한 나이인데 반해 자신은 무려 오십 년을 무공에 정진해 왔음이니 실로 불가사의한 느낌이 아닐 수 없었다.

'전력을 다한다 해도 승리를 자신할 수 없는 상대… 그렇다면 이 싸움은 무의미하지 않은가.'

그러했다.

그는 단순한 무인이라기보다는 일가를 이끌어가야 할 신분이다. 죽고 사는 것을 떠나 전심전력으로 승패를 가리는 것은 진정한 무인들만 할 수 있는 일이었다.

그제야 남천검 대태무는 북리곤이 다른 가문의 제자들이 없는 자리에서 비무를 요청해 준 것에 대해 진심으로 고마움을 느껴야 했다. 그는 오성마루의 루주가 되지 못한다 하더라도 검루를 이끌어가야 할 신분이었다.

남천검 대태무의 표정이 한순간 밝아졌다.

북리곤의 의도를 알게 되자 오히려 마음이 홀가분해질 수 있었다.

"이제부터 전력을 다할 것이오. 그래도 되겠소?"

북리곤이 부드럽게 웃으며 고개를 끄덕였다.

"내일 아침에는 풀어주십시오."

"뭐, 그때 정도면 충분할 게요."

승패는 이미 가려진 상태이다.

남천검 대태무는 단 한 차례의 격돌로 이미 패배를 인정한 상태. 이제부터는 홀가분한 기분이 되어 단지 무인으로서의 열망에 따를 뿐이었다.

꽈아아…….

남천검 대태무가 전력을 다해 내공을 끌어 올리자 주위의 공기가 압축이 되었다가 파도처럼 밀려 나가기 시작했다.

파문이 밀려가듯 번져 나가는 엄청난 무형의 막을 또 다른 무형의 막이 가로막는다.

두개의 힘이 대치하자 보이지 않는 기포가 끓어오르기 시작했다.

십 장 거리 밖으로 물러나 있던 검루의 원로들은 이 광경을 대하고 크게 놀라지 않을 수 없었다.

그들의 눈에는 두 사람이 지금 생사의 대전을 펼치고 있는 것으로만 보였다.

이 싸움이 어느 누구도 죽거나 다치지 않는 단순한 논검이라는 것을 알 리 없었던 것이다.

*　　　*　　　*

혈막의 사과사절단과 함께 온 동옥군을 만나는 일은 간단하지 않았다.

개인적인 친분이 있다고 해도 스스럼없이 그녀를 만날 수는 없었다. 무엇보다도 그녀가 바로 묘령의 여인이라는 점이 걸렸다.

'남들 눈을 피해 은밀히 찾아가야 하는 건가……?'

첫 번째 관건은 다섯 명의 시비를 어떻게 따돌리냐는 거였다.

다섯 명의 꼬마 시비는 시중을 들기 위해 항상 근접 거리에 머물며 그야말로 북리곤이 몸만 뒤척여도 뛰어올 정도였다.

'연공한다고 속이고 은밀히 빠져나가……?'

물론 월영잠영술을 펼치면 다섯 시비의 눈과 귀를 피하는 건 일도 아니었다. 하지만 무사히 일정천을 빠져나갔다고 해도 그 뒤가 문제였다.

생각해 보니 혈막의 사과사절단이 머물고 있는 곳에 루주의 신분인 그가 단신으로 불쑥 들어가는 것도 문제가 있었다.

생각을 거듭하던 북리곤은 결국 은밀히 그녀를 찾아가는 것을 포기하고 동옥군을 일정천으로 불러들이는 수밖에 없다는 결론을 내렸다.

혈막의 사과사절단 중에서 동옥군만을 불러들인 후 벌어질 사태에 대해 대략 짐작이 가긴 했지만 어쩔 수 없는 일이었다.

일정천의 후원은 루주의 거처이니만치 풍광이 수려하기 이를 데 없었다.

그 아름다운 후원 사이를 한 쌍의 남녀가 천천히 거닐고 있어 한 폭의 그림을 연상케 한다.

하지만 아름다운 주위의 경관과 달리 북리곤과 동옥군의 사이에는 어색한 공기만이 떠돌고 있었다.

"그냥 편하게 대해주면 돼. 전처럼 말이야."

동옥군이 오랫동안 입을 열지 않고 어색해하자 북리곤은 짐짓 밝은 미소를 머금었다.

동옥군이 가만히 고개를 저었다.

"전처럼 편하게 대해주라고? 그 광산에 있을 때처럼 말인가요?"

"그래. 그때는 나를 대할 때 지금 이런 식은 아니었잖아."

"하지만……."

언뜻 동옥군의 얼굴에 그늘이 스쳐 간 느낌이다.

상실감 때문인 듯했다.

동옥군이 반사적으로 짐짓 밝은 표정을 하며 북리곤을 정시했다.

"솔직히 말하면 이제 북리 공자는 나와 아무런 관계가 없는 사람이 되어버린 느낌이에요. 영영……."

"무슨 뜻이지?"

"아니, 그런 게 있어요."

마치 금방이라도 눈물을 떨구기라도 할 듯한 슬퍼 보이는 눈빛…….

동옥군은 입을 꼭 다문 채 먼 허공으로 눈을 돌렸다.

북리곤이 어리둥절해하는 순간 뒤쪽에서 작은 새들이 지저귀는 듯한 음성들이 터져 나왔다.

"으이그! 역시 우리 루주님은 숙맥이라니까."

"그러게. 이국 말을 하는 것도 아닌데 저렇게 쉬운 말을 왜 못 알아들으시는 걸까?"

"그나저나 저 불여우가 지금 우리 루주님에게 수작 거는 거 아냐?"

삼 장 거리 뒤쪽에서 행여 북리곤이 들을까 두렵기라도 하다는 듯 속삭이는 듯한 음성들이다.

하지만 군이 공력을 끌어 올리지 않아도 너무도 또렷하게 들려오는 음성이기도 했다.

다섯 시비의 수다는 쉬지 않고 이어졌다.

"생긴 것 좀 봐. 완전히 백여우처럼 생겼잖아."

"흥! 그래도 눈은 있어서 우리 루주님이 잘생긴 건 안다니까."

"혹시 루주님과 벌써 그렇고 그런 사이 아냐? 그러니까 저 여자만 따로 불러들인 거 아니냐고!"

'어휴! 저 원수들 같으니!'

동옥군에 대한 적개심이 가득 담겨 있는 음성들.

북리곤은 동옥군이 당황할까 염려되어 난처하기 이를 데 없었다.

결국 다섯 시비가 시중을 들기 위한 게 아니라 북리곤과 동옥군을 감시하기 위해 따라나선 게 명백해지자 북리곤은 손으로 머리를 짚지 않을 수 없었다.

第四章

폭풍 전야

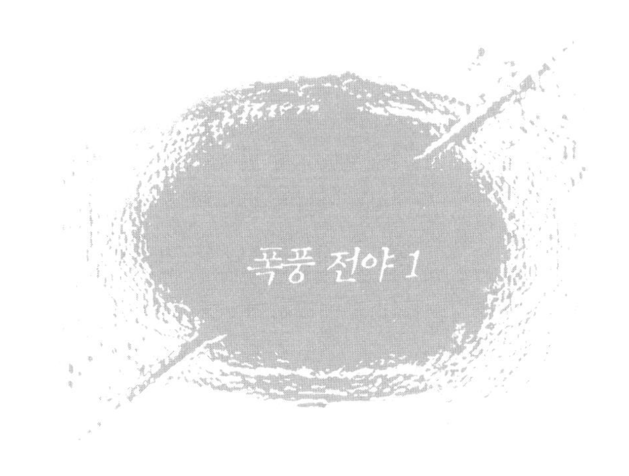

폭풍 전야 1

잠시 생각에 잠겨 있던 북리곤의 입가에 문득 미소가 솟아났다.

'령아라면 저 꼬마 아가씨들의 관심을 다른 곳으로 돌릴 수 있지 않을까?'

"령아, 어디 있니? 이리 와."

북리곤이 돌연 주위를 둘러보며 나직하게 외쳤다.

순간 금광이 영롱한 작은 물체가 화원 구석에서 뛰어나와 북리곤의 몸을 타 오른 뒤 왼쪽 어깨 위에 앉았다.

금모신원은 광사군이 데려온 뒤로 북리곤의 주위에 머물고 있었지만 항상 사람의 눈을 피해서 행동했기 때문에 지금까지 금모신원을 목격한 사람은 단 한 명도 없었다.

북리곤이 오른손을 활짝 펴서 수평으로 내밀자 금모신원이 번개처럼 움직여 손바닥 위에 섰다.

"루주님, 그게 뭐예요?"

"꺄아악! 너무 귀여워요. 그거 원숭이인가요?"

"어머! 완전히 금으로 만들어진 것 같아!"

아니나 다를까.

금모신원이 모습을 드러내기 무섭게 난리도 이런 난리가 없었다.

다섯 시비는 가까이 오라고 부르지도 않았는데 순식간에 몰려와 북리곤을 에워싸고 금모신원을 들여다보느라 정신이 없었다.

금모신원은 북리곤의 손바닥 위에 우뚝 선 채 작고 귀여운 눈을 끔뻑거리며 다섯 시비를 둘러보았다.

그 모습이 너무도 앙증스러워 다섯 시비는 그야말로 정신 줄을 놓아버릴 지경이었다.

"령아야, 이 아이들과 잠시 좀 놀아주렴. 무공을 배우긴 했지만 아직 미숙하니 너무 거칠게 대하면 안 된다."

북리곤이 금모신원의 머리를 손가락 하나로 쓰다듬어주며 입을 열자 금모신원은 알아들었다는 듯 고개를 끄덕였다.

'지금 누구더러 누구를 데리고 놀아주라고 한 거지?'

'설마 저 조그맣고 연약한 원숭이더러 우리에게 거칠게 대하지 말라고 한 걸까?'

다섯 시비는 순간 어리둥절했지만 깊이 생각할 여유가 없었다.

금모신원이 몸을 날려 다섯 시비에게 뛰어왔기 때문이었다.

"까르르……!"

"야, 원숭아! 거기 좀 서봐. 나도 좀 만져 보고 싶단 말이야."

이내 다섯 시비는 금모신원이 움직이는 데로 이리 뛰고 저리 뛰며 후원을 뛰어다니기 시작했다.

작은 소녀들이 깔깔대며 후원을 뛰어다니는 모습은 누가 보아도 평화롭고 사랑스러운 모습이 아닐 수 없었다. 특히 북리곤과 동옥군에게.

"우린 내일 혈막으로 돌아가기 위해 길을 떠날 예정이에요."

아이들이 멀어져 가는 모습을 지켜보던 동옥군이 정색한 채 입을 열었다.

"아직 여독이 풀리지도 않았을 텐데 벌써 출발한단 말이야? 부담 갖지 말고 며칠 더 쉬었다 출발해도 돼."

동옥군이 고개를 흔들었다.

"무림의 정세가 심상치 않아요. 때문에 외부에 나가 있던 수하들도 모두 불러들이는 상황이라 빨리 돌아가야 해요."

"무림의 정세가 심상치 않다니?"

북리곤이 흠칫 이채를 머금었다.

"원래 오성마루가 강호의 일에 관심을 갖지 않고 있는 건 알고 있었지만 지금 무림이 발칵 뒤집혔는데 모르고 있었다니 정말 놀랍군요."

"무슨 일 때문에 무림이 발칵 뒤집혔다는 거야?"

북리곤은 정말 알지 못했다.

그는 동옥군을 바라보며 질문을 던졌지만 별로 심각해하는 태도는 아니었다.

"휴우……! 정말로 아무것도 모르고 있군요. 머지않아 제성과 천하방이 싸움을 시작할 것 같아요."

북리곤은 깜짝 놀라 자신의 귀를 의심하지 않을 수 없었다.

동욱군의 설명이 이어졌다.

"얼마 전 제성의 하부 세력 하나와 사도십방 휘하의 작은 단체 하나가 티격태격하다가 그 사파의 세력이 멸문당했어요."

군소방파들의 국지적인 다툼은 늘 있어 왔던 것. 그 문파의 성격이 정파이든 사파이든 상관없이 싸움이 끊이지 않는 곳이 바로 무림이다. 하지만 그런 국지적인 다툼이 정사 간의 대회전으로 발전되는 일은 극히 드물었다.

"이 일로 천하방에서 제성에 책임을 물으려 하는 거예요. 해서 머지않아 정사대회전이 벌어질 것이라는 소문 때문에 지금 전 무림이 극도의 긴장 상태예요."

제성과 천하방의 전쟁은 단지 두 문파만의 문제가 아니었다.

제성은 정파 무림의 핵심이자 곧 구심점이고 천하방 역시 예하의 사도십방을 주축으로 사도무림 전체를 관장하고 있는 단체.

이 두 단체의 전쟁은 곧 중원무림 전체가 혈풍에 휘말리게 됨을 의미한다.

북리곤은 사태의 심각성을 깨닫고 침음하지 않을 수 없었다.

*　　　*　　　*

일정천.

루주의 거처로 지난 이백여 년간 주인 없는 빈집으로 쓸쓸하기만 하던 곳.

이 일정천이 오늘은 수백의 인파로 붐비고 있었다.

마치 잔칫날처럼 들뜬 분위기라고나 할까.

하지만 운집해 있는 오성마루 수제자들의 눈 깊은 곳에는 터질 듯한 긴장감이 가득 차 있었다.

바로 이 일정천의 중앙 연무장에서 신임 루주가 제자들의 도전을 받는 비무 대회가 열리기 때문이었다.

북리곤이 비무 대회를 여는 목적을 확실히 알고 있는 사람은 희설린과 대태무뿐이었다.

때문에 오성마루의 전 제자들은 물론 나머지 다른 가주들조차 이 비무로 인해 루주가 바뀐다는 사실만으로도 잔뜩 흥분해 있는 상태였다.

'각 가문에서 한 명씩만이 도전할 수 있게 하고 참관인의 숫자도 최대한 줄였다는데도 이 정도라니…….'

중앙에 마련되어 있는 방원 십 장 넓이의 비무장을 빼면 그야말로 바늘 하나 세울 틈도 없이 꽉 들어찬 상태이다.

북리곤은 비무대 앞에 마련되어 있는 원로석 중앙의 상석에 앉아 주위를 둘러보며 내심 쓴웃음을 머금었다.

표면적으로 오성마루에서 가장 강한 고수는 검루의 대태무였다.

하지만 수많은 제자 중 실제로는 검루의 대태무보다 더 강한 인물이 한둘은 있을 터였다.

가문의 존장 앞에서 감히 무공을 드러낼 수 없다거나, 또는 다른 이들과 무공을 비교해 볼 기회를 얻지 못했거나 하는 이런저런 이유로 알려져 있지 않은 숨은 고수들이 있을 게 분명했다.

때문에 북리곤으로서는 오성마루에서 어느 누가 나서더라도 반드시 이길 수 있다는 확신을 갖고 있지는 않았다.

'만약 그런 고수가 나서 내가 패한다면 그에게 루주 자리를 물려주는 것도 나쁘지는 않을 것이다.'

오히려 오성마루의 제자 중에 그런 숨은 고수들이 있기를 기대하는 심정이라고 할까.

북리곤은 정녕 홀가분한 기분으로 비무에 나섰다.

첫 번째 상대는 장대한 체구를 지닌 이십 대 후반의 청년이었다.

"군마루의 이십칠 대 제자 주일곤(周逸崑), 루주께 한 수 배우고자 합니다."

당장에라도 폭발할 듯한 힘이 걸치고 있는 연무복 안에 감춰져 있는 듯한 강렬한 기세…….

북리곤은 한눈에 상대의 무공 성취가 어느 정도인지 짐작할 수 있을 듯했다.

'아마 후기지수 중 몇 손가락 안에 꼽히는 고수일 것.'

북리곤은 가볍게 목례를 한 후 비무대 중앙으로 나섰다.

주위를 둘러보니 모두의 시선이 자신에게 집중되어 있다.

수백에 달하는 제자가 긴장과 기대의 눈빛이 되어 자신을 바라보는 모습을 대한 북리곤은 일순 멋쩍기 이를 데 없어 자신도 모르게 뒷머리를 긁적였다.

북리곤의 이런 모습은 지켜보고 있던 모두의 눈에는 정녕 뜻밖이었다.

권위라고는 눈곱만큼도 찾아볼 수 없다.

마치 잘 알고 있는 이웃집 개구쟁이가 느닷없이 루주가 되어 눈앞에 서 있는 느낌…….

하지만 그것도 일순, 주일곤과 마주 서자 북리곤의 기도는 한순간에 바뀌었다.

물처럼 잔잔한 기도, 텅 빈 창공과도 같이 허허로우면서도 주위의 모든 것을 관장하는 듯한 압도감.

주일곤은 내심 크게 긴장하지 않을 수 없었다.

이상하게도 점점 다급해지는 마음이 되어간다.

시간이 조금만 더 흐르면 검을 뽑아보기도 전에 제압당할 것 같은 압박감이었다.

"타앗!"

주일곤은 우렁찬 기합과 함께 북리곤을 향해 쇄도해 들어갔다.

발검(拔劍)과 도약이 한순간이었다면 운검(運劍) 역시 시간 차이를 느낄 수 없을 정도의 훌륭한 공세였다.

파파파팟!

주상곤은 정신없이 십여 초를 연환했다. 이상하게도 자꾸 쫓기는 마음이 들어 북리곤의 움직임은 보지도 못한 채 허둥댄 것이다.

북리곤은 그 십여 초 동안 우뚝 선 자세로 주일곤의 날카로운 공세를 모두 비껴냈는데 어떻게 보면 제자리에서 한 걸음도 움직이지 않은 것 같았다.

다시 대치해 선 주일곤이 내심 고개를 갸웃했다.

조금 전 자신은 전력을 다해 십여 초를 연환해서 펼쳐 냈다.

한데 정신을 가다듬고 보니 처음과 똑같은 자세로 대치해 있을 뿐이었다.

과연 자신이 조금 전에 맹렬하게 공세를 펼쳤던 일이 현실인지 아닌지 가늠할 수 없을 정도였다.

문득 앞에 서 있는 신임 루주가 자신을 향해 보일 듯 말 듯 고개를 끄덕였다.

마치 조급해하지 말고 차분히 공격해 보라는 태도 같았다.

주일곤은 마음을 다잡은 뒤 다시 공세를 펼치기 시작했다.

하지만 이번에는 그 어떤 공격도 끝까지 펼쳐낼 수가 없었다. 몸이 억압되어 있었기 때문이었다.

단 한 초식도 끝까지 이어가지 못한다.

북리곤은 주일곤이 펼쳐낼 검초를 모두 알고 있는 듯, 한 걸음 앞서 길목을 막고 있었다.

심지어 검도 아직 뽑지 않은 상태.

주일곤은 두 번째로 펼쳐낸 이십여 초의 공세 내내 북리곤에게 길목이 막혀 제대로 된 공격을 할 수 없었다.

길목을 미리 막는다.

이미 오성마루 각 가문의 무공을 모두 알고 있는 데다 검왕의 검법이 절정에 이르러 가능한 일이었다.

잠시 후, 망연히 북리곤을 바라보던 주일곤이 검을 거두며 허리를 숙여 보였다.

단 두 번의 드잡이질 만에 주일곤이 패배를 시인하고 물러나자 대부분의 제자들은 어리둥절해하지 않을 수 없었다.

하지만 가주급 고수들은 그 내막을 잘 알고 있어 북리곤의 무공에 새삼 감탄을 금할 수 없었다.

두 번째와 세 번째 도전자 모두 마찬가지였다.

북리곤은 검도 뽑지 않은 채 슬쩍슬쩍 발만 움직여 상대가 무공을 펼칠 방향을 선점하는 방식으로 세 명의 도전자를 간단하게 물리쳐 버렸다.

이렇게 되자 관전하고 있던 모든 제자는 신임 루주 북리곤에 대한 인식을 달리하지 않을 수 없었다.

다섯 가주의 내기에 휘말려 우연히 루주가 되었지만 결국 진짜 루주를 선출하는 가교 역할만을 하게 될 허수아비 루주가 아니었던 것이다.

네 번째 도전자는 십훼마루에서 나왔다.

작은 체구에 호리호리한 몸매.

대략 사십 대 중반에 이르렀을 듯한 중년인의 기도는 범상치 않았다.

'십훼마루의 이십이 대 제자 상일환(常佾歡)이라 했던가? 이 사람은 욕심이 없는 사람이구나. 단 한 가지만 빼고.'

상일환은 무공광이었다.

다소 왜소해 보이는 체구이지만 오히려 지금까지의 도전자들보다 더욱 강렬한 기를 지니고 있었다.

그가 도전에 나선 것은 루주 자리를 원해서가 아니라 무공에 대한 열망 때문인 듯했다.

'아무래도 지금까지와는 다른 방법으로 상대해야겠지?'

지금까지 도전해 온 제자들은 모두 가문의 무공만을 펼쳐 왔다. 받아들여 익히기는 했으되 그것을 뛰어넘는 경지에는 이르지 못했기 때문이었다.

해서 다섯 가문의 무공을 모두 알고 있는 북리곤으로서는 이십사능보만으로도 충분히 그들을 상대할 수 있었다.

하지만 눈앞의 상일환은 가문의 무공에 구애받지 않는 성취를 이루었음이 분명했다.

과연 상일환의 무공은 달랐다.

역시 가문의 무공을 근간으로 하고 있지만 그 운용에 있어서는 이미 형식을 벗어난 경지에 이르러 있었다.

꽈아아…….

십여 초가 이어지기도 전에 상일환의 공격은 점점 빨라져서 그림자만 일렁이기 시작했다.

북리곤 역시 허리의 반검을 뽑아 마주했으나 이상하게도 두 사람의 검은 십여 초가 넘는 동안 단 한 번도 서로 격돌하지 않았다.

차앙!

어느 한순간.

상일환의 장검으로부터 갑자기 청아한 소리가 울렸다. 동시에 검 끝에서 찬란한 빛이 발출되어 마치 하얀 배꽃이 흩날리듯 눈부시게 쏘아져 왔다.

북리곤이 문득 고개를 갸웃거렸다. 곤란한 일을 만난 듯한 표정이었다.

하지만 이내 원래의 표정을 회복한 그는 두 번 검을 수평으로 밀어낸 뒤 계속해서 힘차게 휘둘러 가니 이전과는 그 위세가 판이했다.

북리곤의 표정이 평안해졌다.

그는 이미 흐르는 물과 같이 마음 가는 대로 검을 쓰고 있었다.

체내에는 거대한 힘이 도도하게 파도치고 몸은 깃털처럼 가볍다.

한 가지 마음에 걸리는 게 있다면 오직 반검 미완의 예리함이었다.

상대가 검기를 쏟아내고 있으니 그 자신도 검에 공력을 실어야 했다.

하지만 반검 미완은 예리하기 이를 데 없어 아차 하면 상대의 검을 베어버리기 때문에 오히려 공력을 조절해야 할 판이었다. 병기의 예리함으로 승리했다는 오해를 받기 싫어서였다.

북리곤은 상일환의 절정에 이른 검을 상대로 유유히 백여 초를 싸워 나갔다.

어느 한순간, 그는 한 걸음 앞으로 내디디며 검을 휘둘러 상일환의 왼쪽을 비스듬히 베어갔다. 바로 방금 상일환의 검세가 지나갔으되 아직 또 다른 검초가 이어지지 않은 빈 공간이었다.

그 일초의 검세에 상일환의 모든 검세가 막혀 버렸다.

상일환은 더 이상 검초를 이을 수 없는 것을 깨닫는 순간 검을 거두며 예를 갖췄다. 그의 눈에는 단지 감탄의 빛만이 가득 담겨 있을 뿐이었다.

"와아아!"

"진짜 루주님이시다!"

젊은 제자들 사이에서 엄청난 환호성이 터져 나왔다. 이제야 북리곤의 무공을, 나아가 그가 진정으로 자신들의 루주임을 인정한 것이다.

오성마루를 이루고 있는 가문이 다섯이니 도전자 역시 다섯이어야 했다.

하지만 상일환과의 비무를 끝내자 더 이상의 도전자는 없었다.

이로써 북리곤은 명실공히 오성마루의 새로운 주인이 된 것이다.

2

지난겨울은 유난히 춥고 폭설이 잦았다. 겨울이 워낙 혹독하고 길어 봄이 끝내 오지 않는 것처럼 여겨질 정도였다.

하지만 겨울을 조금씩 밀어내기 시작한 봄은 어느 사이엔가 겨울과 자리를 바꾸는가 싶더니 채 봄을 느껴보기도 전에 계절은 이미 초여름으로 접어들고 있었다.

감숙성 양주(凉州).

성도인 난주에서 서북으로 육백 리가량 떨어져 있는 감숙성 제이의 대도(大都).

햇살이 따가운 정오 무렵, 한 사람이 양주의 성문을 들어서고 있었다.

깔끔해 보이는 흑금의(黑錦衣)에 단아한 용모.

행색은 영락없이 귀공자이되 어울리지 않게도 허름한 상자 하나가 실려 있는 나무 지게를 메고 있는 사내.

바로 북리곤이었다.

청해성 연백의 오성마루를 출발한 게 보름 전의 일, 북리곤은 그야말로 잠도 아껴가며 길을 재촉해 어느덧 감숙성에 들어설 수 있었다.

성내로 들어선 북리곤은 중앙대로에 이르자 걸음을 멈춰 주위를 둘러보았다.

'오면서 계속 표식을 남겼으니 곧 월단퇴의 제자가 날 찾아올 것이다. 요기도 때울 겸 주루에 들어가서 기다리는 게 낫겠군.'

잠시 후, 북리곤이 들어선 곳은 중앙대로에서 가장 붐비는 삼 층 주루였다. 짐작건대 양주성내에서 가장 장사가 잘되는 주루임이 분명했다.

사실 북리곤이 일부러 자리를 찾기도 힘든 번잡한 곳을 택한 데에는 이유가 있었다.

많은 손님들이 붐비는 곳이라면 당연히 그들 중 무림인들도 적지 않을 터, 강호 정세에 대한 소문을 귀동냥하기 위한 선택이었다.

음식을 시켜놓고 기다리는 동안 북리곤은 문득 오성마루를 떠나기 전 마지막으로 만났던 도고 희설린의 모습을 떠올렸다.

루주직을 검루의 남천검 대태무에게 넘겨준 직후의 일이었다.

*　　　　*　　　　*

"한 가지 궁금한 게 있어요."

"말씀하십시오."

"어차피 대 가주에게 루주 자리를 물려줄 생각이었다면 애초에 비무 대회는 무엇 때문에 열었나요?"

"그냥 물려주면 모두들 내가 대 가주의 압력에 의해 어쩔 수 없이 물려주었다고 생각할 게 아니겠습니까?"

"그게… 그렇기는 하지만."

"그렇게 되면 오성마루의 결속에 지장이 생깁니다."

"오성마루의 결속……?"

"만약 내가 그냥 대 가주에게 루주 자리를 물려주었다면 대 가주를 따르지 않는 가문의 제자들은 내심 대 가주와 반목하게 될 겁니다."

"으음… 그런 깊은 뜻이 있었군요."

"그리고… 난 따로 수하들을 거느리고 있고 몇 가지 신분도 있으니 절대로 그렇게 되어서는 안 되었습니다. 그래서 내 무공을 인식시킨 후 루주 자리를 물려주기 위해 비무 대회를 연 것입니다."

"그러니까… 쫓겨나는 게 아니라 오성마루를 잘 이끌어 갈 사람에게 물려주었다는 걸 제자들에게 알리기 위해서였다 이건가요?"

"이유를 들라면 한 가지 또 있습니다."

"비무 대회를 여는 데 그렇게 많은 이유가 있었단 말인가요?"

"이래 두어야만 나중에 무슨 일이 있어 오성마루의 힘 좀 빌려달라고 할 때 거절하지 못할 게 아닙니까?"

"아……!"

*　　　*　　　*

북리곤은 마지막 순간 도고 희설린이 어이가 없다는 듯 입을 딱 벌린 모습을 떠올리며 자신도 모르게 피식 미소를 머금었다.

처벅… 처벅!

나직한 발걸음 소리가 들려온 것은 그가 막 회상에서 깨어나는 순간이었다.

북리곤의 앞쪽에서 한 사람이 걸어오고 있었다.

거침없는 움직임, 그가 올라선 삼 층의 입구에서 북리곤 사이에는 수많은 탁자가 놓여 있고 탁자마다 손님들이 잔뜩 앉아 있었지만 마치 중간에 아무것도 거칠 게 없다는 듯한 걸음걸이였다.

시끌벅적한 주루의 소음 속에서 예의 발걸음 소리만 또렷하게 북리곤의 귀에 파고든 것도 기이하다면 기이한 일이었다.

"이장로(二長老)님!"

북리곤이 벌떡 일어나 다가오는 노인을 향해 정중히 포권을 취했다.

땅딸막한 체구에 오른손만이 기형적으로 큰 노인, 바로 월단퇴의 수많은 장로 중 서열 두 번째의 장로였다.

이장로의 뒤에는 월단퇴의 제자 한 명이 따르고 있었다.

"쯧쯧……! 아직 나이가 어려서 그 모양인 게냐? 한 번만 더 이딴 짓을 하면 문주고 뭐고 그냥 목을 확 비틀어 버릴 것이다. 알겠느냐!"

북리곤 앞에 멈춰 선 이장로가 이글거리는 눈으로 북리곤을 노려보다가 빈 의자를 끌어당겨 앉았다.

뒤따라온 제자는 감히 앉을 수 없다는 듯 한 걸음 뒤에 서 있었다.

'삼장로께서 이사형이 성질이 더러우니 조심하라고 했는데 과연 그런 모양이구나.'

북리곤은 이장로의 질책에 머쓱해져 뒤통수를 긁은 뒤 자리에 앉았다.

가문의 존장에게 야단을 맞고 쩔끔하는 순박한 모습.

함께 따라왔던 월단퇴의 제자는 이 광경에 어이가 없는 듯 멍청한 표정을 머금었다.

이장로가 아무 말도 없이 북리곤을 직시했다. 그동안 어디에서 뭘 하고 있었기에 연락조차 주지 않았느냐는 질책의 눈빛이었다.

북리곤이 서둘러 입을 열었다.

"사정이 있었습니다."

"그 사정이라는 걸 이야기하려면 며칠 밤 정도가 족히 필요한 겐가?"

알아서 빨리 입을 열라는 노골적인 강요. 곧 들어보고 납득할 만한 이유가 없으면 당장에라도 목을 비틀어 버리겠다는 뜻이 함축된 비아냥거림이었다.

북리곤이 정색했다.

"그렇습니다. 그간의 일을 이야기하려면 너무 장황하니 나중에 말씀드리겠습니다."

"엉?"

이장로의 표정이 멍청해졌다.

사실이 그렇다는데 더 이상 무어라 하겠는가.

"한데 이장로님께서 어쩐 일이십니까?"

북리곤이 시치미를 떼고 오히려 반문했다.

"마침 가까운 곳에 있었는데 문주가 남긴 표식을 보고 제자가 연락해 주었네."

"그랬군요."

북리곤의 눈이 이장로 뒤에 서 있는 월단퇴의 제자에게 돌려졌다.

"전 단계검문으로 갈 예정입니다. 제성의 신산과 만날 수 있도록 주선해 주십시오. 단계검문에 도착하기 전에 그녀를 만나고 싶습니다."

무엇을 어찌하겠다는 계획은 없다.

하지만 무림의 동태를 알고 싶었고 정확한 정보는 신산 제갈희상을 만나야 알 수 있을 것 같았다.

북리곤의 지시에 월단퇴의 수하가 서둘러 입을 열었다.

"그렇지 않아도 얼마 전에 제성에서 문주님을 뵙고 싶다는 전갈을 보내왔습니다."

"아……!"

신산 제갈희상은 월단퇴의 문주가 북리곤이라는 사실을 아직 모르고 있었다. 그녀가 월단퇴의 문주를 만나자고 한다면 무언가 청부할 일이 있다는 의미인 것.

북리곤이 내심 생각에 잠겨 있는 순간 이장로가 문득 좌측으로 눈을 돌렸다. 그 눈에는 의외라는 듯 이채가 떠올라 있었다.

삼 층은 중앙에 십여 개의 식탁을 놓고 사면의 벽 쪽으로는 칸을 막아 특실을 만들어 놓은 구조였는데 입구에는 휘장이 드리워져 있었다.

이장로의 눈이 멈춰져 있는 곳은 그 특실 중 한 곳이었다.

북리곤 역시 이장로의 눈길을 따라 눈을 돌렸다.

특실 입구는 두터운 휘장이 드리워져 있었지만 그의 공력 정도면 능히 안을 투시할 수 있었다.

특실 안에 앉아 있는 사람은 북리곤이 잘 알고 있는 인물이었다.

'어? 저 사람은 마풍람의 소종사가 아닌가?'

특실의 창가에 앉아 창을 통해 중앙대로를 내려다보고 있는 인물은 바로 철마린 혁소람이었다.

북리곤은 잠시 망설이다가 내심 고개를 저었다.

생각해 보니 찾아가 반가워할 만큼 가까운 사이는 아니었다.

이때, 별안간 이 층에서 삼 층으로 올라오는 계단으로부터 요란스러운 발걸음 소리들이 들려오기 시작했다.

수십여 명이 한꺼번에 발을 맞춰 걸음을 내딛는 듯한 발걸음 소리와 함께 삼 층의 주청에 들어선 것은 열두 명의 검수였다.

십이검수는 앞뒤로 여섯 명씩, 한 사람을 호위하고 있었는데 그 위세가 대단했다.

왼손으로 검을 쥔 채 오른손은 검의 손잡이에 올려져 있다. 언제라도 발검할 수 있는 자세였다.

한순간도 긴장을 늦추지 않는 날카로운 눈빛, 일사분란한 움직임.

한눈에 보기에도 엄격한 훈련을 거친 검수들임을 알 수 있었다.

"저 아이가 누구냐……?"

십이검수 일행이 한쪽에 준비되어 있던 예약석에 자리 잡고 앉자 이장로가 눈살을 찌푸리며 뒤에 시립해 있는 수하를 향해 질문을 던졌다.

뒤에 서 있던 월단퇴의 수하가 조심스럽게 입을 열었다.

"천하방의 방주입니다."

'천하방의 방주! 그렇다면 사부인 조광 어르신을 밀어내고 천하방을 차지한 인물이 바로 저 사람이란 말인가……?

북리곤의 눈이 커졌다.

정사대회전의 혈운이 감돌고 있는 이런 시기에 천하방의 방주를 이렇듯 엉뚱한 장소에서 보게 될 줄은 실로 예상도 못 했던 것이다.

"허어… 정녕 이것이 우연이란 말인가?"

이장로가 돌연 고개를 갸웃했다.

이장로는 철마린 혁소람과 백무상, 그리고 앞에 앉아 있는 북리곤을 번갈아 바라보며 탄식인지 감탄인지 알 수 없는 말을 중얼거렸다.

"장차 무림의 풍운을 주도할 세 명의 영웅이 이렇듯 한자리에 모이다니… 참으로 공교롭고도 놀라운 일이로구나."

'세 명의 영웅……?'

이장로의 나지막한 중얼거림을 듣고 북리곤은 자신도 모르게 주위를 둘러보았다.

철마린 혁소람과 백무상을 제외하고는 특별히 눈에 뜨이는 사람은 보이지 않았다.

"찾을 것 없네. 나머지 한 명은 바로 문주니까."

"예? 제가 풍운을 주도할 세 명의 영웅 중 한 명이란 말입니까? 과찬이십니다."

이장로가 고개를 저었다.

"쯧쯧……! 문주는 아직 자신을 모르고 있구먼."

이장로는 가볍게 일소한 뒤 새삼 철마린 혁소람과 백무상, 그리고 북리곤을 번갈아 바라보았다.

그러했다.

십팔만 리 중원 대륙, 그 드넓은 곳에서 한날한시에 동시대의 풍운

아들이 이렇듯 우연히 자리를 함께하고 있음이니 이 일을 어찌 공교롭다 하지 않을 수 있겠는가.

비록 짧은 순간이나마 향후의 무림패권을 놓고 격돌할 세 영웅을 한 자리에서 스쳐 가게 한 것은 어쩌면 운명의 짓궂은 장난인지도 몰랐다.

第五章

폭풍의 주역들

폭풍의 주역들 1

원래는 길을 서둘러 하루라도 빨리 단계검문으로 갈 예정이었다.

특별한 계획은 없지만 어쩐지 마음이 급했다. 하지만 생각해 보니 딱히 서두를 일도 아니었다.

함께 식사를 끝낸 뒤 북리곤이 월단퇴의 제자에게 눈을 주었다.

"생각이 바뀌었습니다. 이곳에 방을 잡고 기다리고 있을 테니 신산과 약속이 정해지면 알려주십시오."

"예, 문주님!"

월단퇴의 제자는 남이 들을세라 조용히 복명한 뒤 물러났다.

이장로가 한결 부드러워진 표정으로 북리곤을 바라보았다.

"문주는 이제 홀몸이 아니다. 곧 자신의 몸을 보중해야 함이다."

'이크! 또 시작이구나.'

북리곤은 울지도 웃지도 못하는 표정으로 다소곳이 경청을 해야만 했다.

그동안 연락을 하지 못해 월단퇴가 모든 사업을 접고 그를 찾아 나서게 만들었으니 본의 아니게 죄인 아닌 죄인이 되고 만 것이다.

"곧 월영십살을 보내주마. 이번에도 그 아이들을 떼어버리면 이 늙은이가 장로들을 몽땅 데리고 와서 문주를 수행할 것이다."

"알… 았습니다."

북리곤의 입에서 한숨이 새어나왔다.

이장로의 성격을 잘 알고 있어 무어라 반박할 수도 없었다.

북리곤이 머물기로 한 금성관(金星館)은 본관 건물 외에도 십여 채의 별채로 이루어져 있었다. 우연치 않게 들른 주루가 규모는 물론 음식 또한 맛있기로 정평이 나 있는, 가히 감숙성 제일의 주루였다.

방원 삼십여 장에 달하는 넓은 연못과 온갖 기암괴석들과 꽃나무들로 가득 차 있는 화원, 별채들은 서로 방해받지 않게 배치되어 있어 아늑하기 이를 데 없다.

북리곤이 얻은 방은 십여 채의 별채 중 한 곳에 딸려 있는 방이었는데 주위의 경관이 무척이나 수려했다.

마음이 급해 오성마루를 출발한 뒤 감숙까지 보름 만에 쉬지도 않고 달려오지 않았던가.

북리곤은 이장로와 헤어진 뒤 곧바로 객방으로 들어가 그야말로 꿈도 꾸지 않은 채 깊은 잠에 빠져들었다.

얼마의 시간이 흘렀을까?

불현듯 잠이 깬 북리곤은 처음에는 자신이 왜 잠에서 깨어났는지를 알지 못했다.

기실 무인이라면 아무리 깊은 잠에 빠져도 신경의 일부분은 열어놓는 법, 하지만 북리곤은 아직 자신이 무인이라는 자각이 없어 그야말로 태평하게 잠에 빠져드는 습관이 있었다. 그럼에도 불구하고 무언가가 그의 감각을 건드린 것이다.

'십 장 밖… 본관의 지붕 위다.'

삼 층 전체가 주청으로 꾸며져 있는 금성관의 본관 지붕 위에 누군가가 있었다.

움직임은 은밀하기 이를 데 없어 잠들지 않은 상태에서 집중해도 눈치채기 힘들 정도였다.

하지만 그 은밀한 움직임조차 북리곤이 무의식적으로 펼쳐 놓은 감각의 그물망을 벗어날 수는 없었다.

창을 열고 본관 쪽 지붕을 바라보았지만 아무것도 보이지 않는다. 어느새 밤이 깊어 삼경은 넘은 것 같았다.

'이 금성관 주위에는 많은 무인이 북적대고 있다. 모두 천하방의 방주와 마풍람의 소종사 때문이지.'

천하방 방주인 백무상을 호위하는 호위대는 근접 거리에서 함께 움직이는 십이검수만이 아니었다. 게다가 철마린 혁소람을 호위하기 위한 마풍람의 무인들 역시 그 수효가 한둘이 아니었다.

제아무리 뛰어난 신투라 해도 무엇을 훔칠 수 있는 상황이 아니었다.

북리곤은 이내 관심을 버리고 다시 잠을 청했다.

하지만 일단 잠에서 깨자 다시 잠들기가 쉽지 않았다.

잠시 후, 북리곤은 가부좌를 틀고 앉았지만 운기행공을 하기 위한 것은 아니었다.

호흡을 길게 하며 마음을 가라앉힌다. 이내 그의 몸을 중심으로 감각의 그물이 안개처럼 번져 나오기 시작했다.

눈을 감고 있어도 주위의 모든 사물이 느껴진다.

그 보이지 않는 감각의 그물은 점차 확산되어 객방 밖으로 뻗어나가기 시작했다.

북리곤은 감각의 촉수를 한 점으로 집중해 본관의 지붕 위로 흘려보냈다.

과연 그 지붕 위에 한 사람이 엎드려 있는 게 손에 잡힐 듯 느껴졌다.

북리곤은 갑자기 호기심이 발동해 조용히 객실 문을 열고 밖으로 나섰다.

객실 방문 앞에 잠시 서서 다시 감각의 그물을 펼친다.

한 줌의 공력도 담겨 있지 않았지만 그의 감각의 그물은 넓게 번져나가 십여 채의 별채 전체와 본관 건물마저 탐지하기 시작했다.

다음 순간, 후원의 마당에 내려선 북리곤은 곧바로 본관 지붕을 향해 몸을 날렸다.

월영잠영술을 최대한 발휘해 도약하는 순간 이미 그의 몸은 흐릿한 안개로 변했다가 이내 허공으로 녹아들어 보이지 않았다.

나이를 짐작하기 힘든 얼굴을 지닌 노인.

주름살투성이의 얼굴과 다소 붉은색을 띠고 있는 작은 눈을 지닌 모산야웅 고잔은 지붕에 납작 엎드려 금성관의 별채 중 한 곳을 바라보고 있었다.

북리곤이 소리 없이 내려선 곳은 바로 고잔과 몸이 맞닿을 정도로 가까운 곳이었다.

'고이야?'

금성관의 지붕 위에 엎드려 있는 인물을 확인한 북리곤의 눈에 반가움의 빛이 스쳐 갔다. 혈막의 옥광산에서 함께 지냈던 고이야를 이런 엉뚱한 곳에서 다시 만나니 황당한 기분이기도 했다.

"예서 뭐하고 계십니까?"

북리곤이 납작 엎드려 별채만 내려다보고 있는 고잔의 눈앞에 얼굴을 들이밀자 그는 너무 놀라 제자리에서 풀썩 튀어 오를 정도였다.

딱 벌린 입을 통해 내장이 튀어나오지 않은 게 신기할 정도, 그 와중에도 소리를 지르지 않는 걸 보면 다른 사람에게 발각되는 걸 염려하고 있는 게 분명했다.

불쑥 나타난 인물이 북리곤이라는 걸 확인하고서야 고잔의 놀란 표정이 다소 가라앉았다.

"그냥 뭐… 잠이 안 와서 술이나 한잔하려고……."

고잔이 더듬거렸다. 궁색하기 이를 데 없는 변명이었다.

북리곤이 주위를 둘러보며 고개를 끄덕였다.

"난 지붕에 올라와 본 건 이번이 처음이지만 그런대로 운치가 있군요. 사방이 시원하게 트여 있는 이런 곳에서 술 한잔하는 것도 나쁘진 않겠네요."

북리곤의 입가에 의미심장한 미소가 떠오르자 고잔이 머쓱해진 듯 다시 입을 열었다.

"사실은… 늙은이의 호기심이 발동했지 뭔가."

"호기심?"

"글쎄 늙으면 호기심도 좀 줄어야 하는데 어째 점점 더 궁금한 게 많아지니 그게 탈이지. 혈막의 옥광산에 갇힌 것도 그놈의 호기심 때문이었는데도 아직도 그 버릇을 못 고치니 말일세."

"뭐가 그렇게 궁금해 지붕에 올라와 다른 사람들의 행동을 훔쳐보는 겁니까?"

"쉿! 목소리 좀 낮추게."

"신경 쓰지 않으셔도 됩니다. 벌써 진기로 주위를 차단했으니까요."

"호오… 자네의 무공이 그 정도란 말인가? 하긴… 다섯 개의 누각, 오성마루의 주인이니 당연한 일이기도 하겠지."

진기로 음파를 차단했다는 말에 고잔은 마음이 놓인 듯 장황하게 설명을 늘어놓기 시작했다.

"자네, 저 안쪽 별채에 천하방 방주가 머물고 있다는 건 알고 있겠지?"

"저쪽 별채 말입니까?"

고잔이 가르치는 별채는 북리곤이 머물고 있는 별채의 건너편이었다.

"얼마 전부터 많은 무인이 은밀히 저 별채를 드나들고 있네."

"으음……."

"심지어 마풍람의 소종사마저 조금 전 저 별채로 들어갔네."

과연 천하방의 방주인 백무상과 마풍람의 소종사인 철마린 혁소람이 같은 장소에 있는 것은 결코 우연이 아니었다.

북리곤은 강렬한 호기심으로 눈을 빛냈다.

"천하방 방주는 정사대회전을 앞두고 정사 중간의 문파는 물론이고 마풍람마저 자신 쪽으로 끌어들이려는 모양이야. 곧 정사대회전이 머지않았다는 의미이지."

"마풍람이 천하방과 손을 잡을까요?"

"그런 일은 없을 것이네. 하지만 천하방 방주는 최소한 마풍람이 이번 정사대회전에 개입하지 않겠다는 약속 정도는 받아내려 할 것이네."

북리곤의 예상대로 무림은 긴박하게 움직이고 있었다. 눈에 보이지 않을 뿐 이미 지하에서는 치열한 전쟁이 전개되고 있었던 것이다.

북리곤은 고잔의 옆에 느긋하게 자리를 잡고 앉았다.

"그렇지 않아도 무림의 동태가 궁금했는데 자세히 좀 들려주시지 않겠습니까?"

"명색이 오성마루의 주인이라면서 어찌 이 늙은이에게 무림의 동태를 묻는가?"

"혈막의 옥광산에 일 년 넘게 갇혀 있었고, 다시 오성마루에서 몇 달을 처박혀 지내 아는 게 하나도 없습니다."

"흠… 그럴 수도 있겠군."

고잔의 눈이 반짝 빛을 발했다. 신이 난 표정이었다.

"이 늙은이의 분석에 따르면 사도십방 휘하의 잔인혈이라는 문파가 멸문당한 것은 제성의 짓이 아니라 천하방의 짓이었네."

"천하방에서 자신의 수하 세력을 멸문시키고 그걸 제성에 뒤집어씌운 것이군요."

"싸움을 하려면 명분이 있어야 했겠지. 빤히 보이는 수작이지만 제성에서 명확한 증거를 대지 못하는 한 어쩔 도리가 없네."

"으음……."

"효과는 컸네. 그로 인해 사도 세력을 결집시킬 수 있게 되었으니 말이야."

"제성의 움직임은 어떻습니까?"

"제성의 원로 중 확전을 주장하는 매파 원로가 적지 않네. 그들을 막고 있는 건 군사인 신산 제갈희상과 성주 정도지."

확전이라 함은 곧 정사대회전을 의미한다.

기실 제성의 군사인 신산 제갈희상은 천하방과의 싸움이 커지는 것을 막고 있는 입장이었다. 그에 반해 대부분의 원로들은 이 기회에 사파를 완전히 억눌러 버리자고 주장하고 있다고 했다.

"싸움이 커지면 승자 역시 패자에 못지않은 상처를 입는 법, 하지만 제성의 신산이 정사대회전을 막으려는 진정한 이유는 천하방 방주가 무슨 음모를 꾸미고 있다고 의심하고 있기 때문이네."

"그랬군요."

"그에 반해 제성의 매파 원로들은 설령 어떤 음모가 감춰져 있다고 할지라도 힘으로 꺾어버리면 그만이라고 생각하고 있네."

'그녀가 염려하고 있는 음모라는 건 과연 무엇일까?'

북리곤은 장황하게 설명을 이어가고 있는 고잔의 말을 귀로 흘리며 한편으로 생각에 잠겼다.

2

고잔과 북리곤이 내려다보고 있는 별채의 한 곳.

임시 회의청으로 꾸며진 그곳에 두 사람이 마주 앉아 있었다.

바로 천하방의 방주 백무상과 마도제일세력 마풍람의 소종사 철마린 혁소람이었다.

두 사람 앞에 놓인 찻잔에서 아직 뜨거운 김이 피어오르고 있는 것으로 보아 회담은 이제 막 시작된 듯했다.

"그러니까… 이번 정사대회전에 우리 마풍람이 천하방 쪽에 서달라는 말씀이십니까?"

혁소람은 찻잔을 들어 입에 가져갔지만 마시지는 않았다.

백무상의 심연처럼 깊은 눈이 잔잔히 파문을 일으켰다.

"그렇소이다. 마풍람에서 도와주신다면 이번 기회에 정파를 완전히 제압할 수 있을 것이오."

예상하고 있던 제의였느니만치 진행 또한 특이할 게 없는 회담이었다.

제성을 비롯해 정파 세력을 완전히 장악한 뒤 그 전리품을 나누기로 한다. 언뜻 들으면 달콤한 유혹이었지만 그것은 무서운 독이 들어 있는 과일이나 진배없었다.

백무상은 겉으로는 무척이나 진지해 보였고 열성을 다해 설득하려는 자세였지만 혁소람이 느끼기로는 그는 이 회담에 큰 의미를 두고 있지 않는 것 같았다.

'어쩌면 정사대회전이 시작되기 전에 우리 마풍람과 회담을 했다는 것 자체를 하나의 성과로 보고 있는지도 모르지. 회담 결과야 어떻게 되었든 말이야.'

찻잔을 들여다보며 잠시 생각에 잠겨 있던 혁소람이 고개를 들었다.

"솔직히 말씀드릴까요?"

"그거야……."

"사실 제성과 천하방이 싸움을 벌인다면 우리 마풍람으로서는 어부지리를 취할 수 있는 좋은 기회가 아니겠소?"

"으음……!"

"사정이 이러한데 우리 쪽에서 무엇 때문에 천하방과 연합을 해야 합니까?"

솔직해도 너무 솔직했다.

백무상은 혁소람이 마음속으로만 품고 있어야 할 생각을 거리낌 없이 내뱉자 일순 어이가 없다는 표정을 떠올렸다.

잠시 후, 백무상은 예의 입가에 미소를 물고 있는 듯한 부드러운 표정으로 입을 열었다.

"그렇다면 이번 정사대회전에 마풍람이 개입하지 말아달라고 새로 제의를 하고 싶은데 어떻게 생각하시오?"

어차피 어부지리를 취하기 위해서라도 꼼짝도 하지 않는다는 게 마풍람의 계획이었다.

한데 백무상 또한 꼼짝도 하지 말아 달라고 요구하고 있었다.

혁소람이 불쑥 입을 열었다.

"대가는?"

"대가라……?"

어지간해서는 감정의 변화를 드러내지 않는 백무상이 다시 어이없어하는 눈빛을 머금었다.

허심탄회하고 너무 솔직해 자칫하면 상대로 하여금 좀 모라란 사람이 아닌가 하는 생각을 갖게 만든다. 하지만 그게 혁소람의 성격이었다.

백무상은 이내 상대의 성격을 파악하고 내심 감탄을 금할 수 없었다.

모략과 음모가 판치는 무림에 몸을 담고 있으면서… 게다가 마풍람이라는 거대한 조직의 후계자이면서 어떻게 이렇게 순수할 수 있을까?

차라리 혁소람이 부러웠다.

이것이 바로 힘을 갖고 있는 자의 여유였다. 그는 술수와 음모 따위를 무시해 버릴 수 있는 진정한 힘을 지니고 있었던 것이다.

*　　　*　　　*

빛처럼 빠른 검의 궤적이 눈에 보이는 것은 그 검이 피를 뿌리고 있기 때문이다.

허공으로 비산하는 선홍색의 피.

신산 제갈희상은 그 피를 보며 자신도 모르게 진저리를 쳤다.

그녀는 늘 깊은 곳에서 전체적인 국면을 조율했을 뿐, 직접 싸움 속에 뛰어든 적은 한 번도 없었다.

더구나 눈앞에서 피를 뿌리며 사람이 죽는 모습도 난생처음이었다.

공포라고 해야 할까?

제대로 서 있기도 힘들 정도로 무섭고 싫었지만 상황이 이렇게 된 건 전적으로 그녀의 잘못이었다.

'내 용모를 아는 사람 중 누군가가 천하방의 첩자였던 모양… 시간이 촉박해 단 두 명의 호위만을 대동한 채 출발한 게 문제였어.'

많은 호위들을 이끌고 길을 떠나면 그만치 안전하기도 하지만 또한 이런저런 일로 시간이 더 많이 지체된다. 게다가 인원이 많을수록 사람들의 이목을 끌게 마련이고 또한 적의 정보망에도 노출될 우려가 커진다.

신산 제갈희상이 믿는 건 그녀의 얼굴을 알고 있는 사람이 극소수에 지나지 않다는 것이었는데 그건 믿음이 아니라 요행을 기대하는 우매한 행동이었다.

성을 출발한 지 불과 삼 일, 그 삼 일 만에 그녀의 행적이 적에게 발각된 것이다.

벌써 두 번째…….

이번에 맞닥뜨린 적은 모두 십여 명에 달했지만 사실 위협이 될 만한 고수들은 아니었다.

이제 겨우 삼류를 벗어난 정도라고 할까? 일행을 이끌고 온 우두머리의 무공조차 아직 이류에 머물러 있는 수준이었다.

문제는 행적이 노출되었다는 점이었다.

첫 번째 적을 물리친 지 하루 만에 다시 두 번째 적이 길을 막았으니 세 번째, 네 번째는 더 빨리, 그리고 더욱 집요한 공격이 이어질 게 확실했다.

그리고 새로 오는 적들은 점점 강한 자들이 될 것이다.

얼마의 시간이 흘렀을까?

십여 명에 이르던 적들은 단 한 명도 남지 않고 싸늘한 시체로 변해버렸다. 하지만 아무도 승리를 즐거워할 기분이 아니었다.

신산 제갈희상을 호위하고 있는 두 명의 청년은 제성 내에서도 가장 막강한 전력을 자랑하고 있는 천검대(天劍隊)의 대원들이었다.

그 무공 성취는 가히 일류 급으로서 어지간한 중소문파의 장문인에 버금가는 수준이었다.

"죄송해요, 사형."

신산 제갈희상은 이제 막 싸움을 끝내고 돌아오는 청년들을 향해 고개를 숙여 보였다.

"네가 죄송해할 일이 아니지 않느냐."

청의청년들 중 우직해 보이는 눈빛을 지닌 이모백(李慕帛)이 가볍게 고개를 저은 후 새삼 제갈희상의 얼굴을 가만히 들여다보았다.

주근깨로 뒤덮여 있는 거친 피부에 선이 굵다.

맑은 눈빛 빼고는 여자로서의 매력은 별로 찾아볼 수 없는 얼굴.

이모백은 제갈희상에게 오히려 남장이 잘 어울려 보인다고 생각하며 내심 쓴웃음을 머금었다.

"널 호위하라는 명령은 군사에게서 나왔다. 그게 이상해."

"뭐가 이상하다는 건가요?"

신산 제갈희상은 내심 찔끔했지만 짐짓 모르는 체하며 질문을 던졌다.

"정체를 알지 못하는 놈들이 집요하게 덤벼드는 걸 보아 무언가 중요한 임무를 맡은 게 분명한데 군사께서 우리 단둘이서 널 호위하게 하다니 뭔가 잘못되었다는 느낌이 든단 말이다."

함께 임무를 맡은 관지량(關祉亮) 역시 동감한다는 듯 고개를 끄덕였다.

신산 제갈희상은 내심 난처하기 그지없었다.

사실이 그러했다.

군사인 신산 제갈희상이 직접 임무를 맡긴 일치고는 너무 허술했다.

'맞는 말이야. 한데 나는 왜 그렇게 서두른 것이었을까?'

그녀답지 않았다.

어찌나 서둘렀는지 원로들과 성주는 물론이고 부친에게조차 알리지 않은 채 제성을 출발한 것이다.

그녀가 북리곤을 만나 그에게 부탁할 일은 머지않아 일어날 정사대회전은 물론이고 향후의 무림 판도에 엄청난 변수로 작용할 중대한 일이었다. 하지만 아무리 그렇다 해도 무엇인가에 들뜬 사람처럼 너무 서두른 것도 사실이었다.

"아무래도 강행군을 해야 할 것 같구나. 힘들더라도 견뎌다오."

이모백이 한옆에 묶어놓은 말들을 끌고 오며 길을 서둘렀다.

"예, 전 괜찮아요."

신산 제갈희상은 얌전히 대답하며 말에 올랐다.

이모백과 관지량은 기실 눈앞의 지극히 평범한 소녀가 바로 그들이 우상으로 여기고 있는 제성의 꽃, 신산 제갈희상이라는 것을 모르고 있었다.

제갈희상은 함께 제성을 떠날 때부터 이모백과 관지량을 사형이라고 호칭했다. 굳이 신분을 감추려는 의도가 아니라 그편이 서로 편할 것 같아서였다.

때문에 두 청년은 제갈희상을 단지 소속이 다른 사제뻘 되는 제자로만 여기고 있었다. 직책으로 따지면 감히 마주 서 있지도 못할 엄청난 신분이고 또 그녀가 바로 명령을 내린 군사라는 것은 실로 짐작조차 하지 못했다.

*　　　*　　　*

신산 제갈희상과의 회담이 약속되었다는 전갈이 온 것은 정확히 엿새 뒤의 일이었다.

장소는 하남의 낙양, 날짜는 칠주야 뒤였다.

대략 계산해 보니 여유를 부릴 수 없는 빡빡한 일정이었다. 짐작하건대 제성에서 출발해야 할 신산 제갈희상 역시 한시도 쉬지 않고 달려와야만 하는 거리였다.

북리곤은 신산 제갈희상이 이처럼 촉박하게 약속을 정하자 내심 놀라지 않을 수 없었다.

'내가 알지 못하고 있는 무언가가 있는 걸까?'

제성은 천하방과의 큰 싸움을 앞두고 있는 상황이다.

이런 긴박한 상황에 군사인 신산 제갈희상이 북리곤과의 만남을 최우선으로 여기고 있다는 건 무언가 그만치 다급한 사정이 있는 게 분명했다.

3

완만한 언덕으로 이어져 있는 관도 한쪽에 허름한 주루 한 채가 보였다.

벌써 한 시진가량을 쉬지 않고 말을 달려온 제갈희상 일행에게는 더할 나위 없이 반가운 주루였다.

너무 허름해 보여서 과연 장사를 하는 것인지 염려스러울 정도.

하지만 입구에 말을 묶어 놓고 안으로 들어가자 의외로 많은 사람들로 가득 차 있었다.

입구 옆의 식탁에 앉아 있는 촌로와 그 아들로 보이는 두 사람, 안쪽으로는 한눈에 보기에도 장사꾼으로 보이는 일행이 한 식탁에 앉아 술과 음식을 즐기고 있다. 그 외에 나무꾼과 약초꾼들, 사냥을 업으로 삼고 있는 사냥꾼들도 있었다.

주루로 들어서던 제갈희상 일행은 의외라는 듯 놀란 빛을 감추지 않았다. 일 년 내내 단 한 명의 손님도 없을 것 같은 외진 곳에 이십여 명도 넘는 손님들이 북적거리고 있었던 것이다.

비어 있는 식탁은 단 한 곳.

자리에 앉고 보니 제갈희상 일행은 자연스럽게 포위된 형상이 되고 말았다.

제갈희상의 얼굴이 굳어졌다.

그녀는 무공을 모른다. 때문에 주루 안의 사람들에게서 기를 느끼지 못한다. 하지만 제성 최고의 군사답게 상황판단은 남보다 빨랐다.

"기이하군요. 비어 있는 식탁에 앉고 보니 우리는 저절로 포위망에 갇힌 셈이 되고 말았어요. 어느새 퇴로도 막혀 있고요."

제갈희상은 모이백과 관지량을 향해 속삭이는 음성으로 입을 열었다.

두 사람 역시 이미 무언가 이상함을 느끼고 긴장을 풀지 않은 상태였다.

적일 수도 있고 아닐 수도 있다. 어쩌면 계속 쫓기다 보니 신경이 예민해져 모든 사람들이 적으로 보일 수도 있는 것이다.

게다가 돌아서 나가기엔 따듯한 소면 한 그릇이 너무도 절실했다.

"싸울 때는 싸우더라도 배를 채우고 싸우는 게 좋지 않을까?"

이모백이 관지량과 제갈희상을 향해 속삭였다.

"하긴 먹을 땐 개도 안 때린다고 했는데 일단 허기는 면하기로 하지요."

제갈희상이 태평하게 대꾸하며 점소이를 불렀다.

잠시 후, 주문한 소면이 식탁에 놓이자 세 사람은 황급히 저를 들었다.

"독이 들었다. 먹지 말거라."

막 저를 뜨려던 세 사람의 귀에 나지막한 음성이 파고들었다.

제갈희상이 깜짝 놀라 고개를 돌려보니 구석 자리에 중년인과 함께 앉아 있던 검은 옷의 노인이 그녀를 쳐다보며 손을 내저었다.

세 사람의 얼굴이 굳어졌다.

한적한 주루 안에 사람들이 북적이는 것을 보고 적일 수도 있다고 경계를 하긴 했지만 설마 주루의 숙수마저 한 편일 줄은 예상도 못 한 것이다.

주위에 앉아 있던 각양각색의 복장을 하고 있는 사람들이 일제히 검은 옷의 노인을 노려보았다.

이제 겨우 십오 세 정도 된 아이의 체구에 나이를 짐작하기 힘든 얼굴이다. 장난기 가득한 눈을 보면 그렇게 나이가 많지 않을 것 같지만, 또 달리 보면 이미 백 살 가까이 된 것처럼 느껴지기도 했다.

검은 옷의 노인, 귀검 유무명은 주루 안의 모든 사람들이 무서운 눈으로 노려보아도 태연하기만 했다.

"보아하니 쫓기는 모양인데 내게 청부를 하지 않겠느냐?"

귀검 유무명이 제갈희상을 향해 장난기 가득한 눈빛으로 질문을 던졌다.

"청부라면……?"

제갈희상이 멍청히 반문을 던졌다.

귀검 유무명이 짜증 난다는 듯 짧게 말을 끊었다.

"구해달라고 내게 청부를 맡기지 않겠느냐는 말이다. 월단되는 살인 청부만 빼놓고 어떠한 청부라도 받아들이니 구해주는 것도 청부할 수 있지."

"월단퇴!"

제갈희상의 얼굴이 환해졌다.

귀검 유무명과 함께 앉아 있던 월단퇴의 총사, 포숙도의 얼굴이 굳어졌다.

"본 문이 살인을 제외하고는 어떤 청부도 모두 받아들이는 문파로 탈바꿈하면서 정해놓은 규칙이 있습니다."

"그런 게 있었는가?"

귀검 유무명이 손가락으로 귓밥을 파내며 태연히 반문했다.

"그 첫째가 타 문파 간의 싸움에 개입하지 않는다는 겁니다."

"아… 그랬었나? 늙으면 자꾸 깜빡깜빡한다니까."

총사 포숙도의 단호한 태도에도 불구하고 귀검 유무명은 쉽사리 포기하지 않았다.

그는 별안간 주루 안의 사람들을 휘익 노려보더니 총사 포숙도를 향해 따지듯 입을 열었다.

"하지만 말일세. 저놈들, 숫자도 많은 데다 독까지 쓰려고 했단 말이다. 이건 무림의 법도에 어긋나는 짓인데 우리만 규칙을 지킬 필요가 있겠는가."

체구는 왜소하고 주름살투성이의 얼굴은 어쩐지 동정심이 생긴다.

귀검 유무명에게서는 고수로서의 위압감은커녕 무공을 익힌 흔적조차 느껴지지 않았다.

이런 귀검 유무명이 모두들 듣고 있는 상황에서 태연하게 말을 꺼내자 사람들은 오히려 멍청해지지 않을 수 없었다.

그의 말을 진심으로 받아들인 사람은 제갈희상뿐이었다.

"청부를 맡기겠어요. 청부 금액이나 기타 세부 사항은 나중에 말씀드리기로 하고… 일단 저희를 구해주세요."

도와달라고 한 게 아니라 구해달라고 했다.

적들은 물론 심지어 이모백과 관지량마저 귀검 유무명의 말을 장난처럼 여기고 있었지만 제갈희상은 월단퇴의 힘을 정확하게 알고 있었다.

총사 포숙도가 고개를 젓자 제갈희상이 다시 입을 열었다.

"월단퇴의 문주를 만나러 가다가 위험에 처하게 된 것이니 다른 문파의 일에 개입하는 게 아니에요."

"네가 누군데 문주를 만나러 가는 중이란 말이냐?"

총사 포숙도가 진지한 눈빛으로 제갈희상을 바라보았다.

이모백과 관지량을 번갈아 바라보며 망설이던 제갈희상이 결국 한숨을 내쉬며 입을 열었다.

"제가 바로 제성의 신산이에요."

"그랬구나."

귀검 유무명은 대수롭지 않다는 듯 고개를 끄덕였다.

총사 포숙도 역시 비슷한 반응이었다.

하지만 다른 사람들은 그들처럼 태연할 수가 없었다.

심지어 그녀를 죽이기 위해 변복을 한 채 주루에서 기다리고 있던 적들도 한순간 크게 놀라 입을 딱 벌린 채 숨 쉬는 걸 잊어야 했을 정도였다.

하니 이모백과 관지량의 놀람은 오죽했겠는가.

"군, 군사… 이셨습니까?"

"정녕… 신산이십니까?"

이모백과 관지량이 제갈희상을 향해 더듬거렸다.

제갈희상이 얼굴을 붉히며 고개를 주억거렸다.
"군사를 대합니다. 그동안의 무례를 용서하십시오."
"군사를 뵈옵니다."
이모백과 관지량이 황급히 의자에서 일어나 예를 갖췄다.
"쳐라!"
누군가의 입에서 날카로운 호통이 터져 나왔다.
과연 주루 안에 가득 차 있던 다양한 행색의 손님 중 단 두 사람, 월단퇴의 총사 포숙도와 귀검 유무명을 제외하고는 모두 신산 제갈희상을 죽이기 위해 온 적이었다.
앉은 자리를 박차고 일어나며 각기 병장기를 뽑아 들고 쇄도해 온다.
이십여 명이 넘는 적이 한꺼번에 제갈희상을 향해 덮쳐 오자 주루 안은 순식간에 난장판이 되어버렸다.
쓰으읏!
그 소란 속에 검은 그림자 하나가 귀영(鬼影)처럼 움직였다.
움직임이 너무 빨라 단지 검은 그림자만 일렁이는 느낌.
선두에서 덮쳐 오던 십여 명의 동작이 거짓말처럼 멈춰지고…….
귀검 유무명이 다시 제자리로 돌아와 앉는 순간 그들의 몸 일부분에 혈선(血線)이 그어짐과 동시에 피분수가 뿜어져 나왔다.
베어진 팔다리와 목 등, 신체의 일부가 바닥에 떨어지는 소리는 그 뒤에야 들려왔다.
"으으으……!"
"귀신이다!"
얼마의 시간이 흘렀을까?
누군가의 입에서 비명이 흘러나왔다.

동시에 살아남은 자들이 전의를 잃고 일제히 사방으로 도주하기 시작했다.

총사 포숙도의 얼굴이 굳어졌다.

“모두 죽이십시오. 월단퇴가 개입되었다는 게 알려지면 안 됩니다.”

그렇지 않아도 스무 명이 넘는 적 중 살아남은 자는 채 열이 되지 않았다. 유무명의 손속은 그만치 신랄했다.

“그러지, 뭐.”

제갈희상이 놀랄 사이도 없이 귀검 유무명의 몸이 의자 위에서 다시 사라졌다.

그리고 또다시 잔혹한 죽음이 이어졌다.

제갈희상의 몸이 덜덜 떨리기 시작했다. 충격이 컸던 것이다.

새삼 무림 세계의 비정함을 절실하게 깨달았다고나 할까.

“월영십살! 두 놈이 튀었다.”

짧은 시간이 흐른 후, 귀검 유무명이 시체들 속에 우뚝 서서 주위를 둘러본 뒤 문득 낮게 소리쳤다.

순간, 주루 밖에서 낭랑한 음성이 들려왔다.

“예, 이미 죽였습니다.”

이십여 명이 넘는 적이 공격을 시작했다가 오히려 전멸을 당하기까지 모든 일이 그야말로 순간적으로 벌어졌다가 한순간에 끝나 있었다.

제성 최고의 전력을 자랑하는 천검대에 속해 있는 이모백과 관지량조차 경악을 금치 못하는 건 너무도 당연한 일이었다.

*　　　*　　　*

"정말 오랜만이네요."

비록 예쁜 용모는 아니지만 빛이 나는 듯 환한 얼굴과 총기로 반짝이는 맑은 눈동자가 묘한 매력을 풍긴다.

북리곤은 신산 제갈희상이 품에 뛰어들기라도 할 것처럼 반가워하자 놀라지 않을 수 없었다.

북리곤과 제갈희상이 낙양에서 만난 것은 약속보다 하루 늦은 뒤였다.

북리곤은 그녀가 월단퇴의 식구들과 동행하고 있어 의아해하다가 귀검 유무명의 설명을 듣고서야 사정을 알게 되었다.

이미 두 사람의 회담에 대해 알고 있었던 귀검 유무명 일행은 역시 북리곤을 만나기 위해 낙양으로 오던 중에 제갈희상이 위험에 처한 것을 구해주었던 것이다.

회포를 푸는 것도 잠시, 북리곤은 월단퇴의 문주 신분으로 제성의 군사인 신산 제갈희상과 정식으로 회담을 해야 했다.

제갈희상은 북리곤이 월단퇴의 문주라는 사실을 이미 알고 있는 상태였다.

"골치 아파 죽겠어요."

북리곤의 얼굴이 굳어졌다.

천하방과의 싸움에 대한 이야기였기 때문이었다.

신산 제갈희상이 차분한 음성으로 말을 이었다.

"가가께서 해주어야 할 일이 있어요."

"청부……?"

"예, 굳이 청부라면 청부라고 할 수 있어요."

"월단퇴는 이제 살수 단체가 아니야. 살인 청부만 아니라면 어떤 일도 맡을 수 있어. 그래 어떤 청부지?"

북리곤은 심드렁한 표정이 되어 고개를 끄덕였다.

신산 제갈희상이 북리곤을 직시했다.

"천하방의 방주, 그러니까 사도십방 전체를 관장하는 사도무림의 총방주가 되어주세요."

심드렁하던 북리곤의 표정이 정반대의 표정으로 바뀌었다.

"만날 때마다 날 놀라게 하는군."

제갈희상은 진지했다.

"이미 전대 총방주님이신 조광 선배님과 이야기를 나누었어요. 가가께서 방주의 신물인 천하번을 갖고 계시지 않나요?"

"천하번을 내가 갖고 있는 건 사실이지만 그거 하나 달랑 들고 천하방에 가서 '내가 진짜 방주요!' 하고 외치면 방주가 되는 건 아닐 텐데……?"

"사실 얼마 전부터 가가께서 천하방의 방주가 되기 위한 준비를 진행시키고 있었어요."

"어떻게 말이냐?"

"전대 총방주인 북천조 조광의 진정한 후계자가 나타나 머지않아 백무상에게 비무를 청할 것이라는 소문을 퍼뜨렸어요."

북리곤은 할 말을 잃은 듯 멍청히 제갈희상을 바라보았다.

결코 허언이 아니었다.

그리고 과연 가능한 일이기도 했다.

지금의 천하방 방주이자 사도십방의 총방주인 백무상은 정통성을 인정받지 못해 내부적으로 결속이 흔들리고 있는 상황이었다. 때문에 백무상 역시 천하번을 지니고 있는 조광의 후계자를 꺾어 진정한 천하방의 방주로 인정받는 일이 무엇보다도 중요했다.

북리곤이 가만히 고개를 끄덕였다.

제성과 천하방의 하부 세력끼리 하찮은 다툼이 생겨 결국 싸움이 커졌다는 건 명분에 불과한 게 분명했다.

"그렇다면 그가 제성과의 싸움을 시작한 속내가 내부의 결속을 다지기 위한 것이었을까?"

"그렇게 생각하는 사람도 있지만 전 그렇게 생각하지 않아요."

"그럼 무언가 음모가 있다는 거야?"

"맞아요. 백무상이 바보가 아닌 한 정사대회전을 일으킬 이유가 없어요. 내부의 결속을 다지려다가 오히려 모든 것을 잃을 확률이 더 큰 싸움이니까요."

"그렇다면 백무상은 과연 무엇을 노리고 있는 걸까?"

맹수끼리는 여간해서는 싸움을 하지 않는다.

반드시 이긴다고 장담할 수도 없지만 무엇보다도 서로 물고 뜯어보았자 얻는 게 없기 때문이다.

제갈희상이 한숨을 내쉬었다.

"그걸 아직 모르겠어요. 백무상은 왜 자멸하려는 걸까? 그래서 그가 얻는 게 무엇일까?"

"자멸……?"

"정확히 말하면 공멸이지요. 정사대회전에서 정파가 승리한다고 해도 그건 피투성이의 승리가 될 테니까요."

제갈희상의 말을 듣고 보니 이 싸움은 결코 단순하지가 않았다.

북리곤은 무림의 일이 눈에 보이는 게 전부가 아니라는 것을 깨닫고 내심 침음하지 않을 수 없었다.

"가가께서는 이제부터 백무상과의 비무를 위해 무공수련에만 매진해야 해요."

자신의 의지와는 전혀 상관없이 끌려간다.

북리곤은 황당한 기분이었지만 무어라 반박할 수도 없었다.

제갈희상이 말을 이었다.

"단기간에 가가의 무공을 급증시키기 위해 이미 한 사람을 모셔두었어요."

북리곤의 뇌리로 퍼뜩 한 사람의 모습이 스쳐 갔다.

"혹시 조광 어르신 아니냐?"

"맞아요. 백무상을 잘 알고 있을 뿐만 아니라 이 시대 최강의 무인이라 불리는 사대금천 중의 한 명이니 많은 도움이 될 거예요."

제갈희상은 북천조 조광보다 더 훌륭한 스승은 없을 것이라고 단정했지만 이 순간 북리곤은 엉뚱한 사람을 떠올리고 있었다.

第六章

곤, 청부를 받다

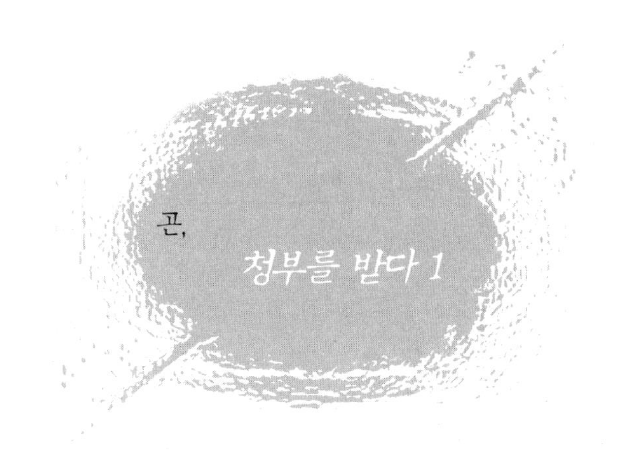

곤, 청부를 받다 1

제갈회상과의 회담이 끝나자 기다렸다는 듯 총사 포숙도가 면담을 요청했다.

북리곤은 반색하며 맞이했지만 총사 포숙도는 지극히 사무적이었다.

"우선 월지국의 일을 먼저 보고드리겠습니다."

"대관식은 잘 치렀습니까? 공주는 무사히 제자리를 찾은 겁니까?"

그렇지 않아도 가장 궁금한 게 많던 북리곤이었다.

총사 포숙도가 고개를 끄덕였다.

"예, 저항이 있긴 했지만 미리 월지국에 잠입해 있던 장로들이 힘을 보태 어렵지 않게 제압할 수 있었습니다."

"아……! 잘됐군요."

"월지국에서는 약속대로 왕실 보고를 개방해 반을 내주었습니다."

월지국은 풍요로운 나라였다.

역사 또한 깊어 보고에 감춰져 있는 재화는 가히 상상을 불허할 정도였다.

"그 재물을 활용하면 본 문을 지금의 세 배 이상 확장할 수 있을 겁니다."

총사 포숙도는 청부의 대가로 받은 재물에 대해 들려주었는데 북리곤으로서는 어느 정도인지 감이 잡히지 않았다.

"그리고… 이건 계월공주께서 따로 문주님께 선물한 것입니다."

총사 포숙도가 비단에 둘둘 말려 있는 물건 하나를 내밀었다.

"이미 대가를 받았는데 선물까지 받는다는 건……."

"예, 하지만 문주님께서 관심을 가질 만한 물건인지라 사양하지 않고 받아 왔습니다."

비단을 풀어 보니 두 자 길이의 다소 짧은 한 자루 검이었다.

북리곤의 눈이 커졌다.

검신이 검갑에서 나오는 순간 푸르스름한 광채가 실내를 휘감는다.

유리처럼 맑고 투명해 보이는 검신.

표면에 떠올라 있는 문양들은 수없이 담금질하며 쇠를 접는 과정에서 생기는 문양이었는데 이 검의 문양들은 특히나 신비하게 느껴졌다.

일반적인 검에 비해 길이도 짧지만 검신의 폭 역시 좁아 겨우 한 치 정도였다.

능형(菱形)의 검신은 마치 살아 있는 생명체인 양 아름답기 그지없었다.

손잡이를 쥐자 일순간에 검과 몸이 일체화되는 듯한 느낌이 든다.

북리곤이 은연중 감탄사를 터뜨리며 총사 포숙도를 바라보았다.

"이, 이건……!"

"예. 바로 무림병기서열 아홉 번째인 지온검(至蘊檢)입니다."

"오오……!"

총사 포숙도가 보일락 말락 고개를 끄덕였다. 늘 근엄하게 굳어져만 있던 그의 얼굴에 희미한 미소가 떠올라 있었다. 북리곤이 관심 정도가 아니라 아예 심취해 있었던 것이다.

"무림병기서열 아홉째가 이 정도이니 과연 첫 번째와 두 번째 자리를 차지하고 있는 천지도와 적하검은 어느 정도일까요?"

'적하검을 찾으러 천리목전에 가야 하는데 그동안 잊고 있었구나.'

북리곤은 장인의 입장에서 지온검에 취해 감탄을 아끼지 않았다. 더불어 천지도와 적하검을 보고 싶다는 욕망이 강렬해졌다.

북리곤이 총사 포숙도를 바라보며 정색했다.

"기실 의논드릴 일이 있었습니다. 이번 일만 해도 그렇고……."

북리곤이 실종되자 월단퇴는 모든 사업을 접고 그를 찾아다녔다고 했다.

때문에 성질 급한 이장로가 북리곤에게 월영십살을 붙여 놓는다고 하지 않았던가.

북리곤으로서는 번거롭기 이를 데 없는 일이었다.

"해서 제가 문의 일에 신경을 쓰지 못하는 일이 생길 때를 대비해 부문주직을 신설하고 싶은데 어떻게 생각하십니까?"

총사 포숙도는 의외라는 듯 이채를 머금었다.

"번거로운 걸 싫어하시는 건 알고 있지만 부문주를 정하는 건 제가 결정할 문제가 아닙니다. 원로원의 재가가 있어야 합니다."

"아무래도 절차를 거쳐야 하겠지요?"

총사 포숙도의 표정이 다시 사무적으로 돌아갔다.

"부문주를 내세우고 홀가분하게 지내시겠다……? 하면 누구를 부문주로 생각하고 계시는지요?"

북리곤이 의미심장한 미소를 머금었다.

"부문주로서 저 대신 문의 일을 관장할 적당한 분이 있습니다. 뭐… 지금까지 문의 모든 일을 도맡아 하신 분이니 무리는 아닐 겁니다."

총사 포숙도가 뭔가 이상한 느낌이 든 듯 의아해하는 빛을 머금었다.

북리곤이 빙글빙글 웃으며 입을 열었다.

"바로 총사이십니다. 어차피 지금까지도 총사께서 문의 살림을 비롯해 모든 업무를 맡아오지 않았습니까. 앞으로 더욱더 부탁드리겠습니다."

북리곤이 정중하게 고개를 숙이며 부탁하자 총사 포숙도는 어리둥절해하는 태도였다.

하지만 은연중에 기뻐하는 빛을 감추지는 못했다. 부문주라는 자리 때문이 아니라 그동안 음지에서 말없이 고생해 온 그의 업적을 인정해 준다는 게 기쁜 것 같았다.

"감사합니다. 하지만 원로원에서 절 인정해 줄지 모르겠습니다. 가짜 후계자 일도 있었잖습니까."

"그건 이 검 한 자루면 해결될 겁니다."

북리곤이 다시 의미심장한 미소를 떠올리며 지온검을 툭툭 쳤다.

총사 포숙도가 멍청해졌다.

*　　*　　*

잠시 후, 북리곤은 지온검을 들고 귀검 유무명을 만나기 위해 휘적휘적 객점의 별채로 갔다.

귀검 유무명은 별채의 마당 한쪽에 놓여 있는 평상 위에서 간단한 안주를 놓고 술을 기울이고 있었는데 대작하고 있는 상대는 바로 당약산이었다.

귀검 유무명은 등을 보이고 있어 아직 북리곤이 다가오는 걸 모르고 있는 상태였다.

"술과 살인이 공통점을 갖고 있다니, 그게 어떤 건가요?"

"술을 처음으로 마시게 되면 한 잔을 마셔도 충분히 취하지. 그런데 인간의 몸은 환경에 적응하는 힘이 있어. 두 번째 마실 때에는 한 잔으로는 취하지 않는 건 물론이고, 몸에서 더 많은 술을 기다리기까지 한단다."

"그랬군요."

당약산이 진지하게 고개를 끄덕였다.

귀검 유무명의 말이 이어졌다.

"일단 술에 적응된 후에는 처음에 느꼈던 그런 취기를 느끼려면 술의 양을 늘리는 수밖에 없어. 살인도 마찬가지야."

다가들던 북리곤이 흠칫 걸음을 멈췄다.

언제인가 들었던 이야기였다.

귀검 유무명은 항상 익살기만 가득 차 있던 표정을 깨끗이 지우고 짙은 회한이 감돌고 있는 그윽한 눈빛으로 당약산을 향해 입을 열었다.

"누구든지 처음 살인을 하게 되면 엄청난 충격을 받게 되지. 방금 전까지지도 살아 있던 사람을 자신의 손으로 죽였다는 충격 말이야. 그 사람에게도 사랑하는 가족이 있고, 어린 시절 웃고 떠들었던 지기가 있다는 것을 떠올리면서 말이야."

"아!"

당약산이 탄성을 터뜨렸다.

감동을 받은 표정이었다.

북리곤은 등줄기로 커다란 벌레 한 마리가 스멀스멀 기어가는 느낌을 받으며 웃음을 참느라 곤욕을 치러야 했다.

하지만 그는 짐짓 태연히 다가들며 더할 나위 없이 염세적인 표정을 한 채 당약산을 향해 입을 열었다.

"하지만 두 번째로 살인을 하게 되면 첫 번째처럼 큰 충격을 받지 않는다. 살인을 거듭할수록 무뎌지는 거지. 가장 무서운 점은… 술처럼 살인 역시 자신도 모르게 점차 즐기게 된다는 것이다."

귀검 유무명의 얼굴이 화악 일그러졌다.

가장 결정적인 대사, 극적인 효과를 위해 탄식처럼 내뱉어야 할 말은 북리곤이 가로챈 것이다.

"어멋! 문주님을 대합니다."

당약산은 북리곤을 향해 예를 갖추는 한편 그가 방금 한 말을 음미하는 듯 감동으로 눈을 빛내고 있었다.

"험… 험!"

귀검 유무명이 머쓱해져 헛기침을 터뜨렸다.

"이장로님께 드릴 선물이 있어서 가져왔습니다. 아무리 봐도 이장로님을 위해 태어난 검 같아서 말입니다."

귀검 유무명은 심통 난 표정이 되어 퉁명스럽게 내뱉었다.

"내가 귀검이라는 별호를 얻긴 했지만 사실 검 같은 거 귀찮아서 갖고 다니질 않네. 문주의 성의는 고맙지만 헛수고하셨네."

'풋!'

북리곤은 귀검 유무명이 좀 전에 결정적인 대사를 빼앗겨서 심통이 난 걸 알고 내심 고소를 베어 물었다.

"한번 봐주시기나 하십시오."

"그러지 뭐."

심드렁하던 귀검 유무명의 눈이 번쩍 뜨였다.

검을 빼자 지온검의 새하얀 검날이 압도해 온다.

귀검 유무명은 지온검에 반해 한동안 입도 열지 못했다.

기실 그동안 귀검 유무명이 검을 지니지 않은 것은 딱히 손에 맞는 검을 찾지 못한 때문이었다.

귀검 유무명이 지온검에 취해 있는 동안 북리곤이 용건을 꺼냈다.

"총사와 의논해 봤는데… 아무래도 저는 당분간 이런저런 일이 바빠 문의 일에 신경 쓸 겨를도 없고 해서 부문주직을 신설해서……."

북리곤이 무어라 하든 귀검 유무명의 귀에는 들리지 않는 것 같았다.

귀검 유무명은 지온검을 오른손에 쥔 채 그 감각과 중량을 감상하느라 건성으로 대꾸할 뿐이었다.

"그거야 문주와 총사가 알아서 할 일이지 이 늙은이가 참견할 일은 아니고……."

"해서 앞으로는 총사가 부문주직도 겸해서 문의 모든 걸 처리할 겁니다. 해서 삼장로께서 원로원에 말씀드려 주십사 하고……."

"알았네. 사형들이야 관심도 없고… 다른 늙은이들이야 뭐 나만 괜찮으면 상관없고……."

북리곤이 미소를 머금으며 멍청히 서 있는 당약산을 향해 한쪽 눈을 찡긋거렸다.

이렇게 해서 간단하게 골치 아픈 일이 해결된 것이다.

*　　　*　　　*

폭풍이 오기 전에는 오히려 더 고요한 법.

일촉즉발의 팽팽한 긴장감을 내포한 평온이랄까?

정사대회전이라는 엄청난 피의 회오리가 움트고 있었지만 표면적으로 무림은 평온하기만 했다.

한데 무더위가 시작되는 초하(初夏)의 어느 날, 그 평온을 뒤흔드는 하나의 소문이 중원을 강타한다.

전 무림을 격동시키고 있는 하나의 소문은 진정 아무도 예상하지 못한 엄청난 변수였는데…….

—전대 총방주의 진정한 후계자가 나타나 천하방의 패권을 놓고 비무를 요청하다.

소문은 그야말로 불길처럼 전 무림을 휩쓸기 시작한다.

소문은 특히 사도무림인들 사이로 빠르게 퍼져 나가고 있었는데 곧 천하방의 후대 방주를 결정짓는 일이기 때문이었다.

어찌 보면 중원에 존재하는 수많은 문파 중 한 문파의 수장을 결정짓는 비무에 지나지 않는다.
하지만 천하방이 곧 사도무림이었기에 사도무림인들에게는 그야말로 초미의 관심사가 아닐 수 없었다.
이것은 제성을 비롯한 정파무림인들에게도 마찬가지였다.

2

북천조 조광은 일개 무인으로 몸을 일으켜 사도무림을 일통시킨 살아 있는 전설이었다.
일천 회가 넘는 승부에서 단 한 번도 패배하지 않았기에 천승야(千勝爺)라는 또 다른 별호마저 지니고 있는 인물이 바로 그인 것이다.
때문에 신산 제갈희상은 북리곤을 훈련시킬 사람으로 북천조 조광을 최적의 인물로 손꼽았다.
하지만 북리곤의 생각은 달랐다.
백무상과의 비무를 대비해 실전에 가까운 훈련을 시켜줄 수 있는 사람으로서는 북천조 조광이 가장 적합할지 몰라도 지금의 북리곤에게 필요한 건 훈련이 아니었다.

"…어떤 무공이라도 종내에는 깨달음의 경지이네. 마음을 쓰게."

다시 만난 광사군은 예전의 광사군이 아니었다.
예전의 광사군도 강했지만 기억을 되찾고 난 광사군은 이미 인간의 한계를 벗어난 듯이 보였다.

북리곤은 마음을 쓴다는 게 어떤 건지 알지 못했다. 단지 한 줌의 공력도 없이 법밀전의 전주 곽량과 마주 섰을 때 알 듯 모를 듯 감응을 받은 적이 있을 뿐이었다.

북리곤이 제갈회상의 권고를 뿌리치고 광사군을 찾아 나서기로 마음먹은 이유는 바로 광사군의 그 한마디 때문이었다. 문제는 광사군이 어디에 있는지 모른다는 점이었다.

문제를 해결해 준 사람은 총사 포숙도였다.

"광사군을 찾아야 한다고 하셨습니까?"

"예, 그것도 빠른 시일 안에 말입니다."

"광사군께서는 지금 월영 장로님과 함께 소주에 계십니다."

"소주라면……?"

"예, 광사군의 고향입니다."

"두 분이 함께 지내신다니… 어쩐지 잘되었다는 생각이 드는군요."

광사군과 월영이 다시 만나 함께 지내고 있다는 소식은 실로 의외였다.

"얼마 전 월영 장로께서 소주 성내의 주단장(綢緞莊) 하나를 구입해 달라고 요구하신 적이 있었습니다."

"주단장이라면 옷 가게 아닙니까?"

"예, 주인은 팔지 않겠다는데 월영 장로께서 무조건 구입하라고 하셔서 원래의 가격보다 많은 금자를 들였습니다."

"그곳에 광사군도 함께 머물러 있군요."

"그렇습니다."

소주라면 그리 먼 곳은 아니었다.

북리곤은 광사군을 찾느라 시간을 소비하지 않아도 되는 것을 다행으로 여기며 출발 준비를 서둘렀다.

*　　　*　　　*

산속에서는 생각보다 밤이 빨리 온다.

능선 위로 한 줌의 햇살이 남아 있는가 싶은 순간 어느새 한 치 앞도 분간하기 힘든 어둠이 사위를 뒤덮는 것이다.

그나마 잔광이 남아 있을 때까지는 앞을 병풍처럼 가로막고 있는 능선을 볼 수 있다.

희미하게 드러나 보이는 능선은 거대한 거인이 몸을 누이고 있는 듯해 어찌 보면 장관이었다.

잠시 후, 그 잔광마저 사라져 사위가 완벽한 어둠에 잠길 무렵 기련산의 천장벽을 뒤로 한 채 빠르게 움직이는 사인교 한 대가 있었다.

사인교는 미끄러지듯 길도 없는 험준한 산속을 치달려 반 시진 만에 기련산을 끼고 이어져 있는 관도에 도착할 수 있었다.

관도라고는 하지만 역시 아직 산역을 벗어나지 못한 상태인지라 인적이라고는 찾아볼 수 없다.

그 관도 한쪽에 한 대의 마차가 기다리고 있었는데 사인교에서 오십 대의 검정색 도복을 걸친 인물이 옮겨 타자 빠르게 질주하기 시작했다.

마차가 도착한 곳은 장액(長掖)에서 가장 규모가 큰 기루 앞이었다.

얼마의 시간이 흘렀을까?

마차 안에 타고 있는 중년 도인이 내린 것은 마차를 호위하며 따라

온 십여 명에 달하는 흑의무복 사내들이 기루 안으로 먼저 들어가 점검을 마친 뒤였다.

중년 도인의 얼굴에는 짜증이 가득 차 있었다.

이렇게 바깥세상을 구경하는 게 도대체 얼마 만인지 모른다.

언젠가 정체불명의 무인들이 기련산을 뒤진 일이 있었다고 한 뒤로는 이번이 처음이었다.

공사는 이제 거의 막바지 단계였다.

끝내 고집을 부리지 않았다면 아마도 반년은 더 지나야 간신히 바깥 구경을 할 판이었다.

기방에 든 뒤에야 중년 도인의 얼굴에 가득 차 있던 짜증이 가시기 시작했다.

이제 곧 벌어질 질펀한 향연에 대한 기대 때문에 활력이 생긴 것이다.

한데 대략 한 식경쯤 되었을까?

차차창!

주안상과 기녀들을 기다리고 있던 중년 도인의 귀로 돌연 병장기 부딪치는 소리가 들려오기 시작했다.

그가 있는 곳은 기루의 별채로써 무척이나 한적한 편이었다.

그 적막을 깨고 요란한 싸움 소리가 점차 가까워져 왔다.

중년 도인은 자리에 느긋하게 앉아 있다가 깜짝 놀라 어리둥절해하며 벌떡 자리에서 일어났다.

그의 호위를 맡고 있던 대주(隊主)가 기방으로 들어선 건 바로 이 순간이었다.

"습격입니다."

"습격이라니? 누가 날 노리고 습격해 왔단 말이오?"

"놈들은 법사는 물론이고 우리가 누군지도 모를 겁니다. 단지 우리가 기련산에서 나오는 걸 기다리고 있다가 공격해 오는 것 같습니다."

"그런……?"

대주의 얼굴은 잔뜩 굳어져 있었다.

긴장한 탓만은 아닌 것 같았다.

"법사께서는 어떤 일이 있어도 놈들에게 잡히면 안 됩니다."

그제야 중년 도인은 대주의 손에 검이 들려 있는 게 어쩐지 신경에 거슬렸다.

정체불명의 인물들에게 공격을 받고 있으니 병기를 챙기는 건 당연한 일이다.

하지만 중년 도인은 대주의 말을 다시 생각해 보고 한 가지 사실을 깨달을 수 있었다.

어떤 일이 있어도 적에게 생포되면 안 된다는 말은 바꿔 생각하면 그럴 위험이 있을 경우에는 그를 죽여야 한다는 의미이기도 했다.

중년 도인이 그걸 깨닫고 새삼 대주의 눈을 찾았다.

대주는 점차 가까워지는 싸움 소리에 귀를 기울이고 있었는데 이미 전세는 기울어져 있었다. 벌써 기방 바로 앞까지 싸움 소리가 가까워져 있었던 것이다.

대주의 눈에 차가운 빛이 떠올랐다.

이제 더 이상 기다릴 시간이 없었다.

"설마… 날 죽이겠다는……?"

"말했지 않습니까. 놈들이 어떤 놈들인지는 모르지만 법사는 절대로 생포되면 안 된다고!"

대주의 전신에서 흘러나오고 있는 살기는 진짜였다.

중년 도인은 절망감과 공포에 질려 자신도 모르게 엉거주춤 뒷걸음 쳤다.

꽈꽈꽈앙!

막 대주의 손에서 검이 허공을 가르기 직전 기방의 창이 터져 나가며 검은 그림자들이 들이닥쳤다.

중년 도인은 무지막지한 공세가 대주의 전신으로 쏟아지는 순간 털썩 엉덩방아를 찧으며 주저앉았다.

*　　　*　　　*

흑천밀(黑天密)은 전진교에서 갈라져 나온 문파로 온갖 사악한 술법과 이단 대법으로 이미 무림의 공적으로 낙인찍힌 문파였다.

무림에서 배척당하고 있느니만치 문도들은 스스로를 철저히 감출 수밖에 없었는데…….

흑천밀의 당대 문주 유령노조(幽靈老祖) 고여해(高與咳)가 기련산을 감시하고 있던 마풍람의 고수들에게 생포당한 것은 그해 여름이 가기 전이었다.

비밀을 알아내기 위한 강압적인 방법이나 고문 같은 건 없었다. 유령노조 고여해는 스스로 온갖 이단 대법을 잘 알고 있어서인지 고문을 받기도 전에 모든 걸 털어놓았던 것이다.

한데 너무도 쉽게 털어놓은 것에 비해 그 내용은 실로 놀라운 것이었는데…….

그러했다.

전 무림을 말살시키려는 엄청난 음모가 이미 오래전부터 기련산에서 태동하고 있었던 것이다.

第七章

광사군, 바느질을 배우다

광사군, 바느질을 배우다 1

북천조 조광의 후계자가 천하방의 패권을 놓고 비무를 요청한다는 소문은 이미 강호에 파다하게 퍼진 상태였다. 하지만 그 비무가 언제 열리며 과연 백무상에게 도전하는 인물이 누구인지에 대해서는 알려진 게 없었다.

모든 게 신산 제갈희상이 철두철미한 계산에 의해 퍼뜨린 소문이기 때문에 이미 그 효과는 지대했다.

천하방의 제자들이 술렁이기 시작한 건 둘째치고라도 천하방 휘하 사도십방 또한 적지 않은 동요를 겪고 있는 것이다.

사도무림의 패주로서 주도적인 역할을 해야 할 천하방이 아직 주인도 결정되지 않았으니 그들이 이끄는 정사대회전은 어찌 보면 무의미했다. 당연히 휘하의 단체 모두 정사대회전에 임하는 결의가 예전 같을 수는 없었다. 쉽게 말하면 김이 빠진 것이다.

제갈희상이 비무 날짜를 못 박지 않은 것도 고도의 전략이라 할 수 있었다.

소문이 강호에 퍼져 나가고 그 파급효과가 증대될 충분한 시간이 필요하기도 했고 또 북리곤이 준비할 시간도 필요했던 것이다.

게다가 날짜를 정하지 않은 것에는 부수적인 이득도 따라왔다.

도전해야 할 북리곤으로서는 마음의 준비가 끝날 때까지 느긋하게 시간을 보내도 되지만 도전을 받는 백무상의 입장에서는 언제 도전자가 올지 모르니 늘 긴장하고 있어야만 했다.

굳이 서두를 필요는 없지만 또 언제까지 여유를 부릴 수도 없었다.

'과연 신산이라는 건가?'

북리곤은 소주를 향해 출발하며 신산 제갈희상이 소문을 퍼뜨린 의도를 곰곰이 생각해 보고 결국 탄성을 터뜨리지 않을 수 없었다.

천의벽(天衣壁)은 대도 소주에서도 손꼽히는 주단장이었다.

이 천의벽의 주인이 육 개월 전에 갑자기 바뀌었는데 그 뒤부터 더욱 장사가 잘되기 시작했다.

원래의 주인도 바느질 솜씨가 정평이 나 있었는데 바뀐 주인은 신침(神針)의 경지에 이르러 천의벽에서 옷 한 벌 지어 입으려면 몇 달씩 기다려야 할 정도였다.

북리곤이 이 천의벽에 도착한 시간은 다소 이른 아침 무렵이었다.

천의벽의 대문 앞에서 걸음을 멈춘 북리곤은 좌우를 둘러보았다.

대문 옆의 담을 허물고 그곳에 상품을 진열하고 손님을 맞이할 수 있도록 점포를 만들어 놓은 게 다소 특이할 뿐 전체적으로 한적해 보이는 장원이었다.

대문은 활짝 열려 있었는데 시간이 일러 오가는 사람들은 보이지 않았다.

“광사군! 광사군, 어디에 있어요? 나 좀 봐요! 빨리 못 나와요!”

안쪽으로부터 짜증 섞인 큰 소리가 터져 나온 것은 북리곤이 막 대문을 넘어서는 순간이었다.

‘월영 장로님의 목소리인데?’

북리곤은 어리둥절해하며 호통이 들려온 곳으로 다가들었다.

안채로 들어가자 대청에서 잔뜩 화가 난 채 양 허리에 두 손을 올리고 씩씩대고 있는 월영의 뒷모습이 보였다.

월영의 앞에는 광사군이 시무룩한 표정이 되어 마치 야단맞는 아이처럼 서 있었다.

북리곤은 내심 깜짝 놀라지 않을 수 없었다.

지금 그가 목격하고 있는 광경은 광사군의 정신 상태가 어린아이였던 시절, 늘 말썽만 부려 월영에게 야단맞던 그때의 모습이었다.

‘설마… 다시 신지가 맑지 못하게 된 건가?’

북리곤은 못 볼 걸 본 것처럼 숨을 죽인 채 두 사람을 지켜보기 시작했다.

월영이 단단히 별렀다는 듯 쉬지 않고 호통쳤다.

“며칠 전에 들어온 비단을 또 어쨌나요? 도대체 장사를 하라는 거예요, 말라는 거예요? 좋은 옷감마다 모두 훔쳐 가니 날더러 어떻게 장사를 하란 거냐고요.”

“그게…….”

월영은 결국 오늘은 결판을 내겠다는 듯 광사군의 손을 잡아끌었다.

“방으로 가봐요.”

광사군의 방은 별채였는데 월영이 씩씩대며 별채로 가는 동안 광사군은 손을 붙잡힌 채 말없이 끌려만 갔다.

북리곤은 숨조차 죽인 채 뒤따라가지 않을 수 없었다.

잠시 후, 월영은 광사군의 거처에서 한 무더기의 옷을 들고 나오며 어이가 없다는 듯 광사군을 직시했다.

모두 어린아이의 옷이었다.

특이하게도 갓난아이의 옷부터 서너 살짜리 아이의 옷, 그리고 다시 대여섯 정도에 입는 옷들이 그야말로 한 보따리였다.

"이게 다 뭐냐고요? 왜 좋은 옷감이 들어올 때마다 어린애 옷을 만드느냐고요?"

"그게……."

광사군이 머뭇거렸다.

얼마 전 북리곤과 만났을 때의 인간을 초월한 듯한 엄청난 존재감은커녕 정상적인 청년의 수준도 못 될 것 같은 주눅 든 태도였다.

"괜찮아요. 야단 안 칠 테니 말해보세요."

"사실은 그 아이가 혼인을 해서 아이를 낳으면 그때 선물하려고……."

"혼인? 선물……?"

월영이 일시지간 멍청해졌다.

그러다가 그는 한 가지에 생각이 미친 듯 고개를 주억거렸다. 이미 화가 많이 가라앉은 표정이었다.

"아… 그런 거였어요? 에이그! 그럼 진즉에 말을 할 것이지. 그나저나……."

월영은 손에 쥐고 있던 옷들을 찬찬히 살피기 시작했다.

이내 그의 눈에 감탄이 빛이 떠올랐다.

"솜씨가… 많이 좋아졌네요. 정말이지 훌륭한 솜씨예요."

월영의 칭찬에 광사군의 표정이 환해졌다. 마치 엄마한테 칭찬받은 어린아이같이 기쁨에 가득 한 태도였다.

북리곤이 두 사람을 지켜보며 또다시 멍청해졌다.

'다시 어린아이로 돌아갔을 리는 없고 혹시 치매가 온 건가……?'

백치 상태에서 시작한 광사군의 성장(?) 속도가 무척이나 빨랐던 걸 떠올린 북리곤이 고개를 흔들었다.

'하긴 성장 속도가 엄청 빠르긴 했지. 그 성장 속도라면 벌써 치매가 와도 별로 이상할 게 없는 건가?'

"문주가 왔군요."

"문주!"

북리곤이 스스로도 이해 못 할 결론을 내리는 순간 월영과 광사군이 그를 발견하고 반색했다.

식사를 하며 북리곤은 월영과 광사군에게 자신의 입장을 이야기했다.

어찌 보면 전 무림의 향방이 걸려 있는 비무였다. 하지만 북리곤은 담담히 이야기했고 월영이나 광사군 역시 대수롭지 않은 태도였다.

"전에 제게 말씀하셨죠? 마음을 쓰라고. 마음을 쓰는 법을 알고 싶습니다."

광사군이 고개를 끄덕였다.

이 순간의 그는 어린아이도 아니고 치매 걸린 노인도 아닌 정상적인 모습이었다.

"따라오시게."

후원으로 가자 광사군이 대치해 선 채 다시 입을 열었다.

"무공을 펼쳐 보게."

북리곤이 일시지간 멍청해졌다.

무공을 펼쳐 보라고 하자 막상 펼칠 게 없었다.

검왕의 무공은 초식이 없이 상대의 무공에 대응하는 검법이라 상대가 없이는 단 일 초도 펼쳐 낼 수가 없었다. 게다가 묵룡대제의 무공은 주로 권법 위주인지라 지금 펼치기엔 걸맞지 않았다.

해서 북리곤은 어쩔 수 없이 월단퇴에서 익힌 천잔십이결을 펼치는 수밖에 없었다.

파파팟!

잠시 후, 북리곤의 발이 빠르게 움직이기 시작했다. 동시에 그의 손에 쥐어져 있는 반검 미완이 허공을 갈랐다. 손을 쭉 펼쳐 검신과 팔이 일직선이 되는가 하면 어느새 휘돌아 원을 그린다. 발과 손의 움직임은 항상 일치했고 시선은 검 끝에 머물러 있었다.

지금 북리곤이 펼치고 있는 것은 분명히 월단퇴의 백의대 제자들이 익히는 천잔십이결이었다.

하지만 그 위력이 달랐다. 공력을 담지 않았는데도 불구하고 끊임이 없는 움직임과 자연스러운 연결이 가히 무림절학을 대하는 것 같았다.

가아학!

지켜보고 있던 광사군의 손에서 갑자기 도의 형상을 하고 있는 새하얀 물체가 솟아났다. 마치 얼음으로 만들어진 듯한 도가 두 자 길이에 이르는 순간 광사군은 북리곤을 공격해 왔다.

광사군이 백빙도(白氷刀)를 만들어 덮쳐 오자 북리곤이 고개를 끄덕였다.

꽈꽈꽈앙!

백빙도의 강기와 반검 미완의 패도적인 기세가 엇갈렸다.

북리곤이 자신의 내공이 예전과 달리 광사군에 비해 별로 밀리지 않는 걸 깨닫고 내심 기쁨을 감출 수 없었다.

하지만 광사군의 무공은 이제 내공 성취와는 상관없는 경지로서 북리곤에게는 여전히 넘을 수 없는 거대한 벽이었다.

십여 차례의 드잡이질이 일순에 지나갔다.

광사군이 백빙도를 갈무리하며 입을 열었다.

"손과 발을 쓰고 병장기를 사용해 무공을 펼치는 단계를 벗어나 마음을 쓰는 경지에 이르러야 하네. 알고 있겠지만 그건 깨달음이 있어야 가능하지."

"그러니까 그 마음이라는 걸 쓰는 방법을……."

"나와 하루에 한 번씩 비무를 하세. 수련이라고 생각하지 말고 그냥 즐겨야 하네."

북리곤이 무어라 입을 여는 순간 광사군이 잘라 말했다.

북리곤은 광사군이 어쩐지 서두르고 있다는 느낌을 받았다.

광사군은 서둘러 대청 쪽으로 돌아가며 북리곤을 돌아보았다.

"문주도 한번 배워보게. 마음의 평정을 얻는 학문이라 생각하고 말일세."

"무엇을 말입니까?"

"주단장에서 배울 게 바느질밖에 더 있겠는가."

'맙소사!'

북리곤이 광사군을 따라가다 걸음을 멈춘 채 입을 딱 벌렸다.

넓은 대청에는 어느새 이십여 명의 여인이 오와 열을 맞춰 앉아 있었다.

중앙 위쪽의 상석에 월영이 방석을 깔고 앉아 있고 그 앞으로 이십여 명에 달하는 여인이 역시 방석을 깔고 단정히 앉아 있었던 것이다.

여인들 앞에는 각기 바느질하는 도구와 옷감이 놓여 있었다.

대청에 도착하자 광사군은 월영의 좌측에 마련되어 있는 빈자리에 앉으며 북리곤을 옆에 앉혔다.

북리곤에게도 한 장의 천과 바늘과 실이 주어졌는데 북리곤은 실로 정신이 다 없었다.

광사군은 다시 여러 형태의 바느질이 되어 있는 천 하나를 주었는데 보고 배우라는 뜻 같았다.

이렇게 되자 북리곤은 어쩔 수 없이 월영의 바느질 수업을 지켜볼 수밖에 없었다.

바느질에도 종류가 많았다.

먼저 홈질은 손바느질의 기본이 되는 기초 바느질로서 두 장의 천을 이을 때 사용하는 바느질이었다. 그 외에 두 장의 천을 실이 안보이게 붙이는 공 그리기라는 바느질이 있고 접속력이 좋은 감침질도 있었다.

어떤 바느질이든 모두 옷을 만드는 기초였는데 한 땀 한 땀의 간격이 일정할 뿐만 아니라 정확히 일직선으로 되어야 하고 옷감에서 두드러지면 안 된다.

옷 만드는 게 간단한 일은 아니라고 대충 짐작은 하고 있었다.

하지만 여러 단계의 바느질이 능숙한 경지에 이른 다음에야 재단을 배우고 다시 옷 만드는 걸 배울 수 있다는 걸 알게 되자 북리곤으로서는 이 또한 무공을 연마하는 과정과 다를 바 없다고 생각했다.

하지만 그뿐이었다.

북리곤의 취향이 아니었던 것이다.

잠시 후, 억지로 앉아 있자니 무료하기만 해 북리곤은 호기심을 갖고 월영에게 바느질을 배우고 있는 여인들을 둘러보았다.

가만히 지켜보니 앞쪽의 두 줄은 배우기 시작한 지 얼마 되지 않는 신참들이고 뒤쪽의 두 줄은 이미 옷을 만드는 단계에 들어가 있는 여인들이었다.

문득 북리곤은 한 가지 사실을 깨달았다.

광사군의 눈이 자꾸 뒤쪽에 앉아 있는 이십 대 중반의 한 여인에게 향하고 있었다.

광사군은 절대로 내색하지 않으려는 눈치였지만 북리곤은 바로 옆에 앉아 있어 오히려 잘 알 수 있었다.

희고 깨끗한 피부에 갸름한 얼굴, 바느질하는 손 또한 빙결처럼 맑고 깨끗해 보인다.

특이나 그윽한 눈빛이 그녀의 조용한 성품을 대변하는 듯했다.

전체적으로 고아한 기품이 엿보이는 여인이었다.

2

상황이 실로 기묘했다.

광사군은 바느질 배우는 여인 중 한 여인만을 훔쳐보고 있었는데 그 눈빛에는 실로 무한한 사랑이 담겨 있었다.

'설마… 저 여인을 마음에 두고 있는 걸까? 한데 저 여자들은 또 뭐지?'

북리곤은 바느질 배울 생각이 전혀 없어 무료하기만 했다. 해서 바느질하는 여인들을 지켜보았는데 그중 몇 명의 여인이 이내 눈에 뜨였다.

바느질에는 관심이 없고 광사군과 눈을 마주치기 위해 아예 노골적이다.

북리곤은 이내 그 여인들이 광사군을 좋아한다는 걸 알 수 있었다.

하지만 광사군은 자신을 좋아하는 여인들은 쳐다보지도 않고 오직 한 여인에게만 관심이 있었다.

'이른바 삼각관계라는 건가……?'

북리곤은 이 상황이 내심 황당하기 이를 데 없었었다.

'하긴… 같은 남자가 봐도 멋들어지게 생기긴 했지. 게다가 외모는 이제 겨우 스물 정도로밖에 보이지 않으니 여자들이 좋아할 만하지.'

"어떻게 된 겁니까? 이 주단장은 또 뭐고요?"

"문주도 이미 눈치챘겠지만 내가 이 주단장을 억지로 구입한 건 광사군 때문이었어요. 이 주단장에 바느질 배우러 오는 그 아이를 광사군이 지켜보는 걸 좋아해서 말이에요."

"그 여자는 누구입니까?"

"그러니까… 광사군의 증손녀예요."

"아……."

바느질 수업도 끝나 한가해졌을 때 북리곤은 월영을 만나 이런저런 이야기를 한 끝에야 전후사정을 알게 되었다.

광사군이 월영으로부터 옷 만드는 걸 배우고 있는 이십 대 중반의 여인에게 보내는 눈빛은 말 그대로 무한 사랑이었다.

그건 남녀 간의 사랑과는 달랐다.

그저 지켜보고만 있어도 좋은… 그녀가 아파하면 함께 아프고 그녀가 기뻐하면 함께 기뻐하지만 그 사랑을 상대가 알아주지 않아도 되는 그런 사랑이었다.

북리곤은 어쩐지 마음이 흐뭇해져 다시 입을 열었다.

"지켜보고 있자니… 바느질 배우는 여자 중에 광사군을 좋아하는 여자들이 있는 것 같던데 알고 계신가요?"

월영이 환하게 웃으며 대답했다.

"사람이 사람을 좋아하는 건 뭐 나쁜 일은 아니지요."

"하지만 그 여자들이 광사군이 이미 백 살이 넘은 걸 알면……."

월영이 정색을 한 채 고개를 손을 내저었다.

"광사군은 구십 년 동안 거의 동면 상태였다고 할 수 있어요. 그러니까 광사군의 실제 나이는 그냥 눈에 보이는 그 나이나 마찬가지예요."

"그렇기는 하지만……."

북리곤이 떨떠름한 표정이 되자 월영이 갑자기 중대한 이야기를 한다는 듯 음성을 낮췄다.

"그렇지 않아도 그 아이들 중 한 명을 골라 광사군과 짝을 지워줄까 해요."

"예에……?"

"사실 미림, 그 아이에게는 서로 장래를 약속한 남자가 있는데 아무래도 그 남자가 광사군과 그 아이 사이를 오해하는 것 같아서……."

"미림이 누군가요?"

"광사군의 증손녀 말이에요."

"아……!"

북리곤이 고개를 주억거렸다.

'그러니까… 그런 일이 있었구나.'

실로 황당한 일이 아닐 수 없었다.

광사군은 단지 자신의 혈육에 대한 사랑이었지만 자세한 내막을 알리 없는 누군가에게는 충분히 오해를 살 만한 일이기도 했다.

"해서 그 오해를 풀어주기 위해 일부러라도 광사군을 혼인시키겠다는 겁니까?"

"어쩔 수 없어요. 광사군도 증손녀가 오해받아서 불행해지는 건 원치 않는다고 했어요. 해서 이미 내가 정해주는 여자와 혼인을 할 각오까지 한걸요."

'끄응!'

"그래 마음에 둔 여자라도 있나요?"

"참한 아이가 있긴 해요. 이곳 소주에서 제법 알려진 명문가의 딸인데 성품도 착하고……."

북리곤은 점점 더 황당한 기분이 되어갔다.

월영과 광사군에 대해 이야기하다 보니 마치 장성한 아들의 혼인 문제를 의논하는 부부 같은 기분이 든다.

황당해도 이렇게 황당한 일이 어디에 또 있겠는가.

광사군과의 대련은 실전이나 진배없었다.

북리곤은 광사군의 성취를 믿기에 마음 놓고 자신의 무공을 펼칠 수 있었는데 광사군 역시 실전처럼 대응해 왔다.

하루에 한 차례로 정해놓긴 했지만 어떨 때는 거의 반나절을 대련에 매달리기도 했다.

대저 싸움에 임하는 무인은 상대의 공격을 피하거나 맞받아치며 반격하고 또 상대의 허점을 노린다.

모든 싸움이 극도의 긴장 속에서 치러지는 건 당연한 일.

전신의 모든 감각을 극대화시켜 대응하는 건 물론이고 상대의 무공과 내 무공을 정확히 가늠해야 한다.

곧 싸움에 임하는 사람이라면 당연히 정신을 집중한다. 손을 뻗고 발을 움직이고, 검을 내치는 모든 행동이 모두 고도로 집중된 의식하에서 이뤄지는 것이다.

상대의 공격을 눈으로 확인하고 그에 맞춰 대응하고, 또 생각해서 다음 공격을 준비한다. 하지만 기실 싸움이 격렬해지면 생각해서 대응해서는 이미 늦는다.

광사군과 대련한 지 닷새가 지났을 때 북리곤은 광사군의 모든 공격에 몸이 자연스럽게 반응해 대응하는 걸 알게 되었다.

이것은 그가 처음 월단회의 장로들에게 배움을 받을 때 한번 경험했던 것이기도 했는데 그동안은 잊고 있던 경지이기도 했다.

자연스럽게 몸이 반응하는 경지가 되자 마음은 오히려 자유스러워진다.

그야말로 무념무상의 경지를 넘어 무아의 경지이다.

나를 잊는 무아의 경지는 곧 상대마저 잊는 경지를 의미한다.

상대가 어떤 공격을 하더라도 무의식적으로 흘려내거나 맞받아치는 경지…….

북리곤이 소주에 와서 광사군과 대련하며 지낸 지 어느덧 두 달여가 흘렀다.

그 즈음 북리곤은 광사군과 대련할 때마다 무아의 경지에 접어들었는데 여러 차례 감응이 있었다.

한편으로 북리곤은 광사군과 대련하지 않을 때에는 혈옥으로 검을 만드는 작업을 했다. 전에 옥광산에서 얻은 것으로 그동안은 늘 지고 다니는 지게 안에 실려 있는 상자에 보관되어 있던 혈옥이었다.

작업을 한다고는 했지만 기실 북리곤은 혈옥을 꺼내놓은 지 열흘이 지났건만 아직까지 손도 대지 못한 상태였다.

선뜻 손이 가지 않는다.

한번 잘못 깎아내면 그걸로 끝이기 때문이었다.

옥으로 검을 만드는 건 따지고 보면 철검을 만드는 일보다 더욱 어려웠다. 철검은 망치면 다시 담금질한 후 만들면 되지만 잘못 깎아낸 옥을 다시 붙일 수는 없었다.

무턱대고 깎아낸다고 검이 완성되는 건 아니다.

머릿속에 검의 형태를 떠올리고 조금씩 정교하게 다듬어 검을 만들어 나가는 게 일반적인 과정이다.

한데 혈옥 덩어리가 거부하고 있다고 할까.

기이하게도 처음 혈옥을 대했을 때 한 자루 검으로 만들면 좋겠다고 떠올렸지만 막상 시작하려니 검이 떠오르지 않았다.

결국 북리곤은 머릿속에 인위적으로 검의 형태를 생각한 뒤 깎아내는 게 아니라 그 혈옥 자체가 품고 있는 검을 끄집어내야 한다는 걸 깨달았다.

검을 만드는 게 아니라 이미 혈옥 속에 존재하는 검을 끄집어내어야만 진정한 명검이 탄생되는 것이다.

'결국 이것도 마음을 써야 하는 일이구나. 이 혈옥 안에 검이 들어 있다고 마음을 먹고 그렇게 믿어야 한다. 그러다 보면 결국 검이 보일 테지.'

북리곤은 결국 보름가량 혈옥을 매만지다가 다시 상자 안에 넣고 말았다.

북리곤은 소주의 천의벽에서 삼 개월을 머무른 뒤 다시 길을 떠났다. 적하검을 보관하고 있다는 천리목전으로 가기 위해서였다.

지난 삼 개월 동안 광사군과 대련한 것은 북리곤의 무공 증진에 더할 나위 없이 큰 도움이 되었다. 북리곤은 단지 삼 개월 만에 자신의 무공 성취가 적어도 한 단계 이상 증진된 걸 스스로 느낄 정도였다.

하지만 북리곤은 무공 증진을 원한 게 아니었고 어느 정도 깨달은 게 있어 굳이 더 머무를 필요가 없었다.

第八章

죽음의 함정

아침 일찍부터 길을 서두르던 북리곤이 걸음을 멈춘 건 소주를 벗어나 한적한 관도에 이르렀을 때였다.

북리곤은 관도상에 오가는 사람이 없는 걸 확인한 뒤 고개를 갸웃거리며 입을 열었다.

"나와 봐."

그가 입을 열기 무섭게 십여 장 떨어진 좌측의 나무 뒤에서 한 소녀가 모습을 드러냈다.

바로 월영십살 중 당약산이었다.

"도대체 언제부터 날 따라다닌 거지? 다른 친구들은 왜 안 나와?"

북리곤이 짜증스럽다는 표정으로 주위를 둘러보자 월영십살들이 여기저기에서 튀어나와 북리곤 앞으로 모여들었다.

북리곤 앞에 나란히 서 있는 월영십살은 모두 아홉. 한 명이 부족했지만 북리곤은 신경 쓰지 않은 채 골치가 아프다는 표정이 되어 월영십살을 둘러보았다.

"총사, 아니 부문주님한테 말을 듣지 못했나요? 이제부터 날 호위할 필요 없단 말입니다."

북리곤이 정색하자 당약산이 고개를 갸웃거렸다.

"바로 그 총사, 아니 부문주님의 명입니다. 서둘러 소주로 가서 문주님을 모시고 오라고 하셨습니다."

"날 모시고 오라고 했다고?"

"자세한 이야기는 마차를 타고 가면서 말씀드리겠습니다. 사안이 긴급해 마차를 한 대 구했습니다."

"마차……?"

북리곤이 의아해하는 순간 북리곤이 걸어온 방향에서 한 대의 마차가 빠르게 달려왔다.

마부석에는 월영십살 중 한 명이 앉아 있었다.

우직하게 생긴 목장부가 역시 우직한 태도로 입을 열었다.

"문주님께서는 당약산과 함께 마차를 타고 먼저 출발하십시오. 저희들은 말을 구해 곧 뒤따르겠습니다."

북리곤은 가만히 당약산을 내려다보다가 말없이 마차에 오르기 위해 몸을 돌렸다.

쉬익!

당약산이 검과 함께 덮쳐온 건 바로 이 순간이었다.

북리곤은 크게 놀라지 않을 수 없었다.

당약산과의 거리는 불과 세 자 정도. 게다가 당약산이 공격할 줄은 진정 예상하지 못한 상태였다.

하지만 당약산이 공격하기 위해 기를 끌어 올리는 순간 북리곤의 몸은 이미 자연스럽게 반응을 하고 있던 상태였다.

크게 놀라 정신이 없었지만 몸이 이미 저절로 반응해 당약산의 급습을 피할 수 있는 최적의 움직임을 찾는다.

북리곤은 이십사능보를 펼쳐 반걸음 옆으로 몸을 돌리며 당약산의 첫 번째 공격을 피했다.

당약산은 첫 번째 공격이 무위로 돌아갈 걸 예상하고 있었던 듯 검을 돌려 연이어 검세를 펼쳤다. 그 흐름이 간결하면서도 자연스러워 이미 절정에 오른 고수라 해도 과언이 아닐 정도였다.

북리곤의 몸이 다시 반대 방향으로 반걸음 돌며 당약산의 두 번째 공격도 무산시켰다.

파파파팟!

나머지 월영십살의 공격이 시작된 건 바로 이 순간이었다.

월영십살은 월단퇴의 모든 관문을 통과한 제자 중 최고의 기량을 지닌 기재들답게 그 무공 성취가 이미 일류에 달해 있었다.

그런 월영십살 전체가 가까운 거리에서 한꺼번에 공세를 퍼붓자 북리곤은 미망에 빠지지 않을 수 없었다.

'모반……? 그럴 리가 없지 않은가? 난 이미 총사에게 부문주도 겸하라고 하면서 모든 권한을 넘겨준 상태인데 그가 무엇 때문에 모반을 하겠는가.'

북리곤은 그야말로 정신이 하나도 없었다.

스스로도 놀라운 건 지금의 상황이 믿어지지 않아 머리는 어지러운데 몸이 모든 공격을 자연스럽게 대응하고 있다는 점이었다.

열 가닥의 공세가 한바탕 무위로 지나가는 순간 북리곤은 어느새 포위망을 빠져나가 삼 장 밖에 멈춰선 채 고개를 갸웃거렸다.
그가 즉각 월영십살들에게 반격하지 않은 건 한 가지 사실을 깨달았기 때문이었다.
'살기가 없었다. 그렇다면 도대체……?'
북리곤이 월영십살들을 둘러보며 망연해하는 순간 월영십살이 무기를 회수하고 자세를 바로 한 채 그를 향해 예를 갖췄다.
당약산이 환하게 웃었다.
"이것도 부문주님의 명입니다. 비무를 앞둔 문주님을 단련시키라는."
"엉?"
북리곤의 머릿속이 환해졌다.
'그러니까 백무상과의 대결을 위해 수련하고 있어야 할 날 부득불 데려오게 되었으니 길을 가면서도 단련을 하라는 의미인가……?'
북리곤이 이미 육체적인 수련을 그만둔 상태라는 걸 모르는 총사 포숙도의 배려였다.
북리곤이 내심 고개를 끄덕였다.
당약산이 빙글빙글 웃으며 입을 열었다.
"첫 번째는 혹시 몰라서 손에 사정을 둔 거였어요. 두 번째부터는 진짜예요."
당약산의 신이 난 듯한 태도에 북리곤이 짐짓 검미를 찌푸렸다.
"재미있어? 재미있느냐고?"
"당연히 재미있지요. 우린 문주님을 마음 놓고 두들겨 패도 되지만 문주님은 그렇지 못하잖아요."
"끄응……!"

"게다가 문주님과의 대결은 우리 모두에게 엄청난 기회가 될 거예요. 아마 이 여행이 끝나기 전에 우리 무공이 한 단계 이상 급증할 게 분명한데 왜 재미있지 않겠어요."

북리곤이 고개를 흔들며 마차에 올랐다.

예전 백의대의 제자였을 때 예혜상에게 아무 때나 암습을 하라고 부탁해 수련을 했던 적도 있었다.

북리곤은 그때의 기억을 떠올리며 내심 쓴웃음을 머금었다.

마차에 오르자 당약산이 한 통의 서찰을 내밀었다.

총사 포숙도가 보낸 서찰이었다.

〈무림에 오래전부터 천지도와 적하검에 한 가지 비밀이 숨겨져 있다는 전설이 떠돌고 있는 건 문주님도 알고 계시리라 생각합니다.

그 비밀이란 대원제국이 멸망하면서 남긴 엄청난 재화와 절세의 무공 비급들을 감춰둔 장소에 대한 비밀이었는바…….〉

서찰은 간결했다.

북리곤은 총사 포숙도의 성격이 그대로 담겨 있는 것 같은 간결한 문체를 대하고 마치 그가 바로 앞에서 보고하는 기분을 받았다.

〈머지않아 대원제국이 남긴 엄청난 재화와 무공 비급들이 감춰져 있다는 장소가 천하에 소문나기 시작할 것입니다.

이는 대원의 잔재 세력들이 일부러 퍼트린 소문인바… 문제는 그 장소에 죽음의 함정이 펼쳐져 있다는 것입니다.〉

"보물이 감춰져 있다는 장소에 보물 대신 죽음의 함정만이 펼쳐져 있다고?"

기실 북리곤은 보물에 대해 전혀 관심이 없었다.

하지만 그건 북리곤에 국한된 것일 뿐 무림인이라면 대부분 대원제국에서 감춘 엄청난 재화와 무공 비급에 지대한 관심을 갖고 있는 게 사실이었다.

만에 하나 그 보물이 감춰져 있는 장소가 소문난다면 중원이 뒤집어질 것 명약관화한 일, 그야말로 벌떼처럼 모든 무림인들이 보물이 감춰져 있다는 장소에 몰려들 게 분명했다.

'한데 총사는 이런 일을 어떻게 알게 된 것일까?'

북리곤이 내심 고개를 갸웃하며 서찰을 계속 읽어 내려갔다.

〈마풍람에서 대원의 잔재 세력들이 꾸미고 있는 음모를 밝혀내 제성에 연락했습니다. 그러자 제성에서 저희에게 그 함정들을 제거해 달라고 청부를 했는바…….〉

"제성에서 대원의 잔재 세력들이 만들어 놓은 죽음의 함정들을 제거해 달라는 청부를 해왔다고?"

북리곤이 내심 고개를 끄덕였다.

자세한 것은 알지 못한다.

하지만 무림의 지하에서 엄청난 사건이 진행되고 있다는 건 북리곤으로서도 능히 짐작할 수 있을 듯했다.

〈시간이 촉박합니다.

보물이 감춰져 있는 장소가 소문나기 전에 함정들을 제거해야 되기 때문입니다.

물론 그때가 되면 제성이나 마풍람에서 보물이 숨겨져 있는 장소에 죽음의 함정만이 기다리고 있다고 공표하겠지만 몰려들 무림인들을 막기에는 역부족일 겁니다.〉

사실이 그러했다.

제성에서 대원제국에서 남긴 보물에 대한 진실을 밝힌다고 해도 그걸 곧이곧대로 믿을 무림인이 많지 않을 것, 오히려 제성이나 마풍람에서 보물을 독차지하려고 거짓 공표를 한다고 생각할 게 분명했다.

〈속하는 원로원의 장로 전원을 이 일에 투입할 것입니다.

흑천밀에서 함정을 만드는 데 협력했다는 사실이 밝혀졌기 때문에 신중을 기하기 위해서입니다.〉

"장로 전원을 투입해야 할 정도란 말인가?"

북리곤은 서찰에서 눈을 떼며 차창 밖을 내다보았다.

하지만 그가 보고 있는 것은 차창 밖의 풍경이 아니었다.

그가 보고 있는 것은…….

머지않아 기련산(祁連山)에서 불어 닥칠 혈풍이었다.

2

귀검 유무명의 눈이 커졌다.

실로 못 볼 걸 본 느낌뿐이었다.

"저게 뭡니까? 늑대가… 걸어 다니지 않습니까?"

"그뿐인가? 허리에 차고 있는 저건 아무리 봐도 돌도끼 같은데?"

언덕 위에서 몸을 숨긴 채 엎드려 있던 유무명이 뒤로 벌렁 누우며 허공을 올려다보았다.

눈앞의 현실이 믿어지지 않아 한숨밖에 나오지 않는다.

귀검 유무명은 머리가 지끈거리는 걸 참으며 심호흡을 했다.

그런 유무명을 향해 월단퇴의 장로들, 그러니까 사제 두 명이 쉬지 않고 떠들어댔다.

"중원의 늑대보다 두 배 이상 큽니다. 게다가 저놈들… 걸어 다니는 걸 보니 먹고 싶지가 않군요."

"맞아. 아무리 배가 고파도 식욕이 당기질 않는군."

"그나저나 도대체 여기가 어디입니까? 우린 분명히 기련산의 한 동굴 속으로 들어왔는데 왜 이런 곳이 나타난 겁니까?"

"아마 우린 어떤 밀법에 의해 이계(異界)라는 곳에 떨어진 모양이야."

"이것도 흑천밀에서 한 짓일까?"

"그렇겠지. 흑천밀은 온갖 괴상망측한 술법을 펼치는 놈들로 유명하잖은가."

이미 수없이 자문하고, 추론하고 떠들어댄 이야기들이다.

월단퇴의 장로들 이백여 명이 대원의 잔재 세력들이 중원무림인들을 몰살시키기 위해 만들어놓은 죽음의 함정을 제거하기 위해 기련산의 천장벽에 뚫려 있는 동굴로 들어선 게 대략 한 달 전의 일.

그러니까 그들이 알 수 없는 이계로 떨어진 날짜가 대충 그 정도 될 터였다.

하지만 시간의 흐름이 이상해 귀검 유무명은 물론이고 함께 있는 장로들 역시 정확한 날짜를 장담할 수는 없었다.

"저놈들… 어슬렁거리며 이쪽으로 오고 있는데?"

"우릴 보지는 못했을 텐데?"

"어차피 저놈들을 못 먹을 거 같으니 다른 먹을 걸 찾아보세."

"그렇긴 한데… 저놈들… 우리 쪽으로 곧바로 뛰어오는구먼."

"흠… 그러니까 빨리 뛸 때는 네 발로 뛰는군. 한데 엄청 빨라."

장로들은 한가했지만 귀검 유무명은 그렇지 못했다.

그는 더 이상 누워 있지 못하고 몸을 일으켜 언덕 저 아래 숲을 내려다보았다.

과연 좀 전에 어슬렁거리며 돌아다니던 세 마리 늑대 같지 않은 늑대들이 네발로 뛰어오고 있는데 그 속도가 가히 질풍이었다.

"우리의 냄새를 맡은 모양이야. 준비들 하게."

"뭘 준비합니까? 저까짓 늑대들 정도야 백 마리가 쳐들어온다고 해도 저 혼자서 처리할 수 있습니다."

"휴우……!

귀검 유무명이 한숨을 내 쉰 뒤 큰소리친 장로를 바라보았다.

그의 눈빛이 심상치 않은 걸 느끼고 장로가 부동자세를 취했다.

"내가 이곳에서는 어느 것 하나 경시하지 말라고 한 지 몇 시진이나 지났느냐?"

"그 말씀을 한 건 정확히 두 시진 전으로 우리들 중 두 명이 전갈 비슷하면서도 전갈 같지 않은 전갈 닮은 괴상한 곤충에게 물려 몸이 마비된 때였습니다."

"그런데 두 시진 만에 그 말을 무시해?"

"시정하겠습니다."

귀검 유무명이 눈살을 찌푸리자 질책을 받은 장로의 얼굴이 하얗게 질려 버렸다.

"에휴! 관두자, 관둬!"

귀검 유무명은 이걸 그냥 하는 표정으로 잠시 장로를 노려보다가 고개를 돌렸다.

놀랍게도 일백여 장 언덕 아래에 있던 괴이한 늑대 세 마리가 어느새 삼 장 앞까지 뛰어와 있었다.

엄청난 힘이 느껴진다고 할까.

다음 순간, 지면을 박차며 덮쳐 오는 늑대들의 기세는 과연 중원에서 대할 수 있는 늑대와는 확연히 달랐다.

하지만 상대는 칠십 년 이상을 월단퇴에 처박혀 무공에만 매달려 온 고수들.

장로 중 한 명은 주먹으로 덮쳐 오는 늑대의 머리를 깨버렸고 또 한 명은 간단하게 발로 배를 걷어차는 것으로 상황을 끝내 버렸다.

귀검 유무명은 지온검으로 덮쳐 오는 늑대의 허리를 양단시켰는데 지온검의 절삭력을 시험해 보기 위해서였다. 그는 북리곤에게 지온검을 선물받은 뒤 한시도 손에서 놓지 않았는데 그 뒤부터는 싸울 기회가 별로 없는 걸 안타까워할 정도였다.

"아무리 봐도 먹기에는 꺼림칙해. 다른 먹을 걸 찾아보자고."

귀검 유무명이 지온검으로 늑대를 베던 감각을 되새기고 있을 때 장로 중 한 명이 죽어 있는 늑대를 내려다보다가 고개를 흔들었다.

귀검 유무명을 비롯한 일행은 이내 언덕을 내려와 숲 깊숙이 들어섰다.

이계에 떨어진 뒤 가장 급한 게 바로 식량을 구하는 일이었다. 맑은 물이 흐르는 계곡을 찾을 수 있어 식수는 그럭저럭 해결되었지만 도무지 먹을 만한 걸 찾을 수가 없었다. 지니고 다니던 건량으로 처음 며칠은 넘겼지만 그 뒤부터는 그야말로 풀뿌리, 나무껍질이라도 먹어야 할 상황이 되어버린 것이다.

일다경쯤 흘렀을까?

먹을 만한 걸 찾기 위해 숲 속을 뒤지던 귀검 유무명이 문득 걸음을 멈추었다.

"아까 그 늑대들… 혹시 척후병이 아니었을까?"

"척후병이라면 더 많은 늑대들이 근처에 있을지도 모른다는 겁니까?"

"음… 바로 그거야."

"그렇다면 이 숲 속에는 우리가 먹을 만한 게 남아 있을 수가 없겠군요. 놈들이 모조리 먹어치웠을 테니까요."

"그게 문제가 아니라… 난 지금 도망쳐야 된다고 말하고 있는 거야. 몸이 마비되어 움직이지 못하는 사람들이 있는데 아까 같은 괴상한 늑대의 대군이 있다면 위험해."

"다른 곳으로 이동하는 건 문제가 아니지만 그렇게 되면 우리가 처음에 들어선 장소에서 점점 멀어지게 됩니다. 그렇게 되면 우릴 구하러 오는 사람들이 우릴 찾기 어려워집니다."

"과연 우리를 구하러 올 사람이 있을지 모르겠군."

귀검 유무명이 길게 한숨을 내쉬었다.

*　　　*　　　*

소주에서 기련산까지는 빠른 말로 달려도 족히 보름 이상 걸리는 여정이었다.

당약산은 가는 도중 북리곤과의 대련을 통해 무공이 증진되기를 기대했지만 기실 대련할 수 있는 기회는 많지 않았다.

실전에 가까운 대련이니만치 무엇보다도 한적한 장소가 있어야 했다. 게다가 길을 서둘러야 하기 때문에 낮에 쉬지 않고 마차를 달리는 바람에 밤에는 휴식을 취하기에도 바빴다.

결국 북리곤 일행이 기련산에 도착한 것은 소주를 떠난 지 이십 일 만이었다.

기련산 입구에 도착하자 월단퇴의 제자 한 명이 기다리고 있다가 일행을 안내해 한 시진 만에 산 깊은 곳에 위치해 있는 천장벽에 이를 수 있었다.

천장벽의 하단에는 높이가 무려 삼 장에 달하고 폭 역시 이 장 정도인 동굴이 입을 벌리고 있었는데 그 앞에는 이십여 개의 천막이 서 있었다.

임시로 거처할 숙소로 만들어놓은 천막이었다.

북리곤이 도착했다는 전갈을 받은 듯 총사 포숙도가 서둘러 마중 나왔는데 그의 안색은 어둡기 이를 데 없었다.

"예상보다 희생이 커서 일단 작업을 중지시키고 입구를 지키고만 있습니다."

북리곤은 깜짝 놀라지 않을 수 없었다.

월단퇴의 장로들이 누구이던가.

장장 칠십 년 이상을 월단퇴에 묶여 무공만 익혀온 절정 급의 고수들이 적잖이 희생당했다니 듣고도 믿기 힘든 일이 아닐 수 없었다.

"희생이 크다면……?"

"제자 한 명이 내온 차를 마시는 둥 마는 둥 북리곤이 입을 열자 총사 포숙도가 정색했다.

"장로 중 일곱 분이 죽은 데다 부상자도 삼십 명이 넘습니다. 게다가 현재 열두 명이 실종된 상태입니다."

"그 정도란 말입니까?"

"일반적인 기관 장치의 함정들은 오히려 아무것도 아닐 정도입니다. 그런 것들은 장로들께서 능히 헤쳐 나가며 함정을 제거할 수 있었지만 예상하지 못한 관문들이 많았습니다."

북리곤이 내심 고개를 흔들었다.

"한데 실종이라면?"

총사 포숙도가 천막 저쪽으로 보이는 동굴의 입구를 바라보며 입을 열었다.

"저 입구로 들어가면 수많은 동굴이 이리저리 미로처럼 뚫려 있습니다. 해서 어쩔 수 없이 새로운 동굴이 나타날 때마다 장로들을 분산시켜 진입시켰습니다. 결국 이백 명의 장로들은 각기 열 명 정도씩 나뉘게 되었는데 그들 중 삼장로 일행이 말 그대로 사라져 버렸습니다."

북리곤의 얼굴이 굳어졌다.

그의 마음이 무겁게 가라앉았다.

죽거나 다친 사람들에 대한 안타까움 때문이었다.

부친 북리대정은 이화단철장의 식솔들을 모두 가족처럼 대했었다.

장인들은 물론이고 심지어 허드렛일을 하는 잡부조차 진정 가족으로 여기고 있었던 것이다.

북리곤 역시 우연과 필연이 겹쳐 월단퇴의 문주가 되긴 했지만 단 한 번도 월단퇴의 제자들을 수하라고 생각한 적은 없었다.

때문에 그의 마음은 무거울 수밖에 없었다.

"대책은 세웠습니까?"

"예! 일단은 더 이상 작업을 진행시키지 않고 제성에 전진교나 배교 계통의 술법이나 이단 사학에 정통한 사람을 요청했습니다."

"으음……."

북리곤이 고개를 끄덕였다.

북리곤이 얼굴을 굳히자 총사 포숙도는 자신도 모르게 진땀을 흘렸다.

북리곤에게서 느껴지는 위엄은 실로 엄청난 것이었다.

나이도 어리다.

이제 갓 약관에 이르러 아직 얼굴에 소년티가 남아 있을 정도이다.

게다가 총사 포숙도는 눈앞의 북리곤이 월단퇴의 문주가 된 과정을 익히 알고 있는 사람이었다.

하지만 그 위엄이 남달랐다.

가히 일문의 문주다운 위엄이었다.

바둑을 두다 보면 사석(死石)이라는 걸 잘 활용해야 한다. 이른바 죽은 돌이다.

사석은 상대의 돌을 더 많이 잡기 위해 버리는 돌을 의미하는바, 소위 대업을 위해서 수하들의 희생은 당연하다고 여기는 게 권력을 쥔 사람 대부분의 생리이다.

하지만 북리곤은 달랐다.

그는 진정으로 월단퇴의 모든 제자를 가족처럼 여겼기에 마음이 무겁게 가라앉을 수밖에 없었다.

3

제성에 요청한 밀법의 대가가 도착할 날짜는 아직 칠주야가량이 남아 있다고 했다. 때문에 월단퇴의 장로들은 더 이상 동굴을 수색하지 않은 채 입구 앞에 천막이나 동굴들 중 기거할 만한 곳에서 대기하고 있는 중이었다.

일행과 합류한 뒤 북리곤 역시 제성의 지원군이 도착할 때까지 딱히 할 일은 없었다.

그렇다고 마냥 기다릴 수만도 없는 노릇.

다음 날, 북리곤은 총사 포숙도의 안내를 받으며 동굴 탐사에 나섰다.

입구에서 삼십여 장 들어갔을까?

동굴은 세 갈래로 갈라졌는데 그중 가장 오른쪽 동굴로 들어서서 다시 이십여 장을 가자 동굴은 또 갈라져 무려 여덟 개의 입구가 모습을 드러냈다.

"이런 식으로 동굴이 갈라지며 새로운 동굴이 나타나는데 지금까지 파악한 동굴만 해도 일백 개가 넘습니다. 그중에는 인공적으로 뚫어놓은 동굴도 있지만 대부분은 천연적인 동굴입니다."

여덟 개의 동굴 중 가장 오른쪽 동굴로 앞장서 걸으며 총사 포숙도가 입을 열었다.

"함정은 세 번 정도 갈라졌을 때부터 설치되어 있었습니다."

입구에서 멀어질수록, 또 동굴이 갈라질수록 어두워져 세 번째 갈라지는 지점부터는 그야말로 한 치 앞도 보이지 않을 정도였다.

"마치 미로 같군요. 그야말로 수천 명이 한꺼번에 들어선다고 해도 모래가 물을 빨아들이듯 흡수해 버려 종내에는 모두 흩어질 수밖에 없겠군요."

한 치 앞도 볼 수없이 어두웠지만 북리곤은 물론이고 총사 포숙도 역시 크게 불편하지는 않았다.

하지만 네 번째 동굴로 들어설 때 총사 포숙도가 화섭자를 밝혔다.

공력이 높으면 빛이 없어도 사물을 보는 것은 크게 어렵지 않다. 하지만 그렇다고 대낮처럼 환하게 보이는 건 아니었다. 곳곳에 죽음의 함정이 펼쳐져 있는 곳이니만치 미세한 부분이라도 놓치기 않기 위해서는 불을 밝힐 필요가 있었다.

"삼장로 일행이 실종된 곳이 어디입니까?"

북리곤은 동굴 안을 살피며 입을 열었다.

"그렇지 않아도 궁금해하실 것 같아 그쪽으로 모시고 있습니다."

총사 포숙도가 정중히 대꾸했다.

그가 북리곤을 대하는 태도는 예전과는 확연히 차이가 있었다. 북리곤이 자연스럽게 뿜어내는 위엄을 경험한 때문이었다.

대략 한 식경이 흘렀을까?

새로운 동굴을 두 번 통과한 뒤에 총사 포숙도가 또다시 모습을 드러낸 동굴 앞에 걸음을 멈추었다.

"이곳입니까?"

"그렇습니다. 더 이상 들어서지 마십시오."

화섭자에 비쳐진 동굴은 지금까지 지나온 동굴과 특별히 다를 게 없었다.

북리곤 역시 당장 삼장로 일행을 찾아 나설 계획이 아닌지라 동굴 입구에서 조심스레 주위를 살폈다.

세심하게 살펴보니 동굴 입구에서 서너 걸음 안쪽 천장에 기이한 부호가 새겨져 있었다. 부적 형태의 부호는 의미를 알 수 없었지만 어쩐지 대하는 것만으로도 섬뜩한 기분이었다.

그뿐이 아니었다.

동굴 안쪽을 자세히 살피니 천장은 물론이고 벽면과 바닥에조차 온갖 괴이한 문양과 부호들이 음각되어 있었다.

"장로 중에 한때 온갖 이단 사학에 빠졌던 분이 있는데… 그 장로 말에 의하면 흑천밀에서 이 동굴에 이계로 통하는 문을 만들어 놓았다고 했습니다."

"이계라면? 다른 세상 말입니까? 과연 그런 게 있는 겁니까?"

북리곤의 놀람은 적지 않았다.

"과연 다른 세계로 통하는 문이라면… 실종된 삼장로 일행을 구하겠다고 함부로 뛰어들 수도 없지 않습니까?"

"그렇습니다. 들어갈 수는 있는데 나오는 방법을 알지 못하니 지금으로썬 어쩔 수가 없는 겁니다."

"결국 제성에서 밀법에 정통해 있는 사람을 보내주기를 기다리는 수밖에 없겠군요."

동굴을 부수거나 폐쇄할 수도 없었다. 그렇게 되면 삼장로 일행이 돌아올 수 없게 된다.

북리곤은 되돌아 나오면서 문득 한 가지 사실을 깨달을 수 있었다.

동굴로 들어설 때 새로운 여러 개의 동굴이 나타날 때마다 가장 오른쪽 동굴로 들어섰으니 되돌아 나올 때는 반대로 항상 왼쪽의 동굴로 나오면 된다.

동굴이 아무리 많아도 이 이치만 알고 있으면 길을 잃고 헤맬 염려는 없었다.

총사 포숙도는 이 같은 원칙을 세운 채 새로운 동굴들이 나타날 때마다 주력을 오른쪽 동굴로 보내면서 십여 명 단위로 인원을 분산시켜 나머지 동굴로 들여보낸 것이다.

* * *

귀검 유무명 일행이 떨어진 이계의 지형은 실로 특이했다.

광활한 사막에 군데군데 숲이 섬처럼 퍼져 있는 형태라고 할까.

사람처럼 걸어 다니는 늑대 비슷하게 생긴 괴물의 대군과 싸우기 싫어 머물던 숲을 떠난 귀검 유무명 일행은 숲을 벗어나 다시 사막을 마주했다.

아득한 저 앞쪽으로 바다에서 섬을 보는 것처럼 드문드문 숲들이 퍼져 있는 게 눈에 들어온다.

전면의 숲은 그래도 다소 가까워 보였지만 오른쪽의 숲은 족히 오십여 리는 떨어져 있을 것 같았다.

일행은 모두 열두 명, 그나마 두 명이 괴상한 곤충에 물려 몸이 마비되어 있는 상태였다. 해서 두 명이 그들을 이송해야 했는데 무언가 나타났을 때 싸울 수 있는 전력은 결국 여덟 명뿐이었다.

"저쪽… 오른쪽 숲으로 간다."

귀검 유무명이 아득히 신기루처럼 보이는 숲을 손짓하자 몇 명의 장로들이 질린 표정을 했다.

"하지만 너무 멉니다. 일단 정면에 있는 숲으로 갔다가 다시 저쪽으로 가는 게 낫지 않을까요?"

"안 돼! 무조건 저쪽으로 간다."

그들은 이미 사막을 가로질러 본 경험이 있었다.

이곳의 사막은 중원의 사막과는 차원이 달랐는데 일단 태양이 뜨면 거의 살인적인 강렬한 햇빛이 내려쬐인다. 어찌나 강렬한지 옷에 가려지지 않는 피부가 이내 화상을 입을 정도였다.

게다가 바람이라도 불게 되면 엄청난 모래먼지가 일어 앞을 가린다.

하지만 태양을 피해 밤에 이동하는 건 더 위험했다.

방향을 잃을 수 있다는 것도 문제지만 가장 큰 문제는 온갖 괴물들이 모래 속에서 뛰쳐나와 공격해 온다는 점이었다.

귀검 유무명이 고집스레 가장 멀리 떨어져 있는 오른쪽 숲을 주장하자 장로들이 결국 체념한 듯 한숨을 내쉬었다.

기실 귀검 유무명이 오른쪽만 고집하는 건 희망을 놓지 않기 위해서였다.

총사 포숙도는 동굴 속을 탐사할 때 동굴이 나눠지면 항상 오른쪽 동굴에 주력을 보내곤 했다.

만에 하나 구조대가 온다면 그들 역시 오른쪽 숲으로만 전진할 것이다.

귀검 유무명이 믿는 건 오직 그 한 가지 원칙이었다.

흙으로 단단하게 다져진 땅보다는 사막의 모래가 걷기 힘들다는 건 이미 감안해 둔 상태였다.

이동하려는 숲과의 거리는 대략 오십여 리.

무공을 익히지 않은 사람일지라도 세 시진이면 능히 돌파할 수 있는 거리이다.

따라서 귀검 유무명은 멀리 보이는 숲까지 길게 잡아 두 시진이면 당도할 수 있다고 계산했다.

하지만 계산은 계산일 뿐이었다.

아무리 걸어도 거리가 줄어들지 않는다.

벌써 한 시진을 쉬지 않고 걸어왔는데도 숲은 여전히 아득히 먼 저 쪽에 있었다.

옷 밖으로 노출된 피부가 곧바로 화상을 입어버릴 정도의 강렬한 태양과 바로 앞에서 피어나는 아지랑이.

이렇게 되자 일행은 점차 불안해지지 않을 수 없었다. 문제는 저 앞에 아득히 보이는 숲이 과연 진짜 숲인지 신기루인지 알 수가 없다는 점이었다.

문득 선두에서 걸음을 옮기던 귀검 유무명이 걸음을 멈췄다. 좌측의 모래 속에서 무언가가 다가오고 있는 기척이 느껴진 것이다.

귀검 유무명은 좌측 이십여 장 저쪽의 모래가 들썩거리며 빠르게 다가오는 걸 볼 수 있었다.

마치 두더지가 땅속을 헤치며 움직일 때 지표면이 일어나는 것 같은 광경이었는데 두더지와는 달리 그 규모가 엄청나게 컸다.

눈을 돌리자 오른쪽에서도 무언가가 모래 속으로 다가오고 있는 게 보였다.

장로 중 한 명이 지면에 검을 박았다.

파아앙!

다음 순간 모래 깊숙이 박힌 검을 기점으로 지진이 일어난 것처럼 모래가 풀썩이며 해일처럼 거대한 힘이 밀려 나갔다.

하지만 모래가 들썩이며 밀려 나간 거리는 고작 삼 장 정도.

단단한 지면이라면 지진이 일어난 것처럼 십여 장 정도가 갈라지며 밀려 나갈 내공을 쏟아냈건만 모래라서 힘을 받지 못한 것이다.

모래 바닥에 검을 꽂아 넣고 진검(震劍)을 펼쳤던 장로가 머쓱해져 귀검 유무명의 눈치를 살폈다.

"쯧쯧……! 그 힘을 아꼈다가 괴물이 나타났을 때나 쓸 것이지……."

귀검 유무명은 한심하다는 듯 혀를 찬 후 지온검을 다잡았다. 어느새 모래 속으로 다가오는 미지의 물체가 바로 코앞까지 닥친 것이다.

파아아…….

모래가 들썩이며 알 수 없는 물체가 불쑥 모래 속에서 튀어 나왔다.

영락없이 지렁이 형태의 괴물이었다.

물론 크기가 지렁이의 천 배는 족히 된다는 게 문제였지만.

'지렁이가 제아무리 커봤자 지렁이일 뿐이지 뭐…….'

귀검 유무명은 좌우에서 다가오는 대형 지렁이를 유심히 지켜보며 한가한 생각을 했다.

그 지렁이가 입을 딱 벌리자 그 입안에서 목이 채찍처럼 길게 늘어나는 머리가 세 개 튀어 나왔다.

그 세 개의 머리가 일제히 입을 벌렸는데 그 입안에는 비수처럼 날카로운 이빨들이 빽빽이 자리해 있었다.
게다가 빠르기는 가히 섬전을 방불케 한다.
귀검 유무명과 장로들은 채찍처럼 허공을 휘감으며 덮쳐 오는 지렁이의 공격에 기함하지 않을 수 없었다.
좌우에서 한꺼번에 덮쳐 온 대형 지렁이의 기세는 실로 살벌했다.
하지만 지렁이는 역시 지렁이였던 것일까.
입안에서 다시 세 개의 머리가 튀어 나오고 그 머리가 입을 벌리자 비수처럼 날카로운 이빨들이 드러나는 무시무시한 생김새에 비하면 퇴치하는 건 오히려 간단했다.
채찍처럼 길게 늘어나며 덮쳐 온 세 개의 머리를 잘라내자 거대한 지렁이는 꿈틀거리다가 이내 죽어버리고 말았다.
"싱겁기는……."
장로 중 한 명이 피식 쓴웃음을 터뜨리며 중얼거렸다.
그러자 귀검 유무명을 비롯해 모두 한바탕 대소를 터뜨렸다.
지친 여정 중에서 작은 활력이 되어주는 웃음소리였다.

*　　*　　*

"이계로 통하는 문이 만들어져 있는 곳은 몇 군데 되지 않을 겁니다."
"그렇게 자신하는 이유라도 있습니까?"
"밀법 역시 무공과 마찬가지로 공력을 바탕으로 펼치는 것입니다. 특히 난해한 밀법일수록 공력의 소모가 많은데 이와 같이 이계로 통하는 문을 만드는 것은 특히나 엄청난 공력을 필요로 합니다."

"공력을 펼쳐야 한다면 공력이 높은 밀법의 대가가 어딘가에 숨어 있다는 뜻입니까?"

"대부분은 그렇습니다. 혹시 숨어서 밀법을 펼치며 함정을 작동하게 만드는 자들을 만난 적이 있지 않습니까?"

"그렇습니다. 이곳에 도착한 뒤 함정을 작동시키고 있는 자들을 발견하고 제거하거나 생포한 자들이 오십이 넘습니다. 하지만 삼장로 일행이 사라진 동굴 근처에는 아무도 없었습니다."

"밀법을 펼치는 자들이 없는데도 이계도 통하는 문이 작동하고 있다면… 그곳에 밀법을 계속 작동시키고 있는 어떤 기물(奇物)이 있을 겁니다."

"밀법이 계속 작동할 수 있는 힘의 원천… 그런 게 있다는 겁니까?"

"그렇습니다. 예를 들어 무인들 중에서도 살아 있을 때 공력이 높은 고수는 죽으면서 자신의 평생진력을 남기는 경우가 있지 않습니까?"

"지고지순한 공력을 지닌 사람이 자신의 공력을 광정(光晶)으로 만들어 남길 수 있다고 듣기는 했지만 그야말로 전설에 지나지 않는 이야기 아닙니까?"

"만년삼왕이나 공청석유가 인세에 대하기 어려운 보물이긴 해도 분명히 존재하듯이 그런 기물도 반드시 존재합니다."

"그런 기물이 그렇게 흔한 건 아닐 테고……."

"그렇습니다. 때문에 저절로 작동하는 밀법이 펼쳐져 있는 곳은 몇 안 된다고 한 겁니다."

"그렇다면 숨어서 밀법을 펼치는 자들을 먼저 제거하면 함정들을 제거하는 작업도 크게 어렵지는 않겠군요?"

"바로 그겁니다. 밀법을 너무 과대평가해서 어려워할 필요가 없다고 말씀드리는 겁니다."

*　　　*　　　*

제성에서 보낸 밀법의 대가들이 도착한 것은 칠주야 뒤였다.

비요둔(秘妖屯)이라는 신비 문파에서 온 사람들이었다.

비요둔 역시 배교의 이단 사학을 이어온 문파로서 흑천밀과 같은 뿌리이나 흑천밀처럼 무림공적으로 낙인찍혀 배척받는 문파는 아니었다.

비요둔의 법사들은 먼저 귀검 유무명 일행이 들어간 동굴을 세밀히 살핀 뒤 통나무 세 개를 베어 와 그 통나무에 기이한 부호들을 새겼다.

이어 그 세 개의 통나무를 들고 다시 동굴로 들어갔다가 차 한 잔 마실 시간이 경과된 후에 다시 나왔는데 통나무들은 보이지 않았다.

"다시 돌아올 수 있는 문을 만들었습니다."

비요둔의 법사들을 상대하는 건 총사 포숙도였다.

북리곤은 자신이 문주라는 걸 내세우지 않은 채 총사 포숙도를 수행하는 척하며 일의 진척을 지켜보았다.

"그럼 이제 구조대를 보내도 됩니까?"

"예. 안으로 들어가면 세 개의 통나무로 만든 문을 통과한 것 같은 상황이 될 겁니다. 돌아올 때도 그 문을 통해 돌아오시면 됩니다."

되돌아 나올 방법이 만들어지자 장로들 오십 명으로 구조대가 결성되었다.

나머지 인원은 동굴과 안쪽의 문을 지키는 역할을 맡았다.

돌아올 수 있는 이계의 문이 완성된 뒤에도 비요둔의 법사들은 돌아가지 않았다. 구조가 끝난 뒤 그들이 만들어 놓은 이계의 문을 없애기 위해서였다.

중원에서 이계로 들어가는 문도 문제지만 이계에서 이쪽으로 넘어오는 문의 존재는 엄청난 문제를 일으킬 수가 있었다. 자칫하면 다른 세상의 온갖 괴물들이 이 세계로 넘어올 수 있기 때문이었다.

이계로 넘어가는 건 예상과 달리 너무도 간단했다.

동굴 중간의 온갖 괴이한 부호들이 새겨져 있는 지점을 통과하는 순간 갑자기 풍물이 바뀌어 버렸다.

분명히 한 치 앞도 내다볼 수 없는 어두운 동굴을 걸어가고 있었는데 갑자기 너무도 강렬한 햇빛이 눈을 찔러 왔다.

주위는 황량하기 이를 데 없는 사막이었다.

뒤를 돌아보니 모래 깊숙이 박혀 있는 두 개의 통나무 기둥 위에 나머지 한 개의 통나무가 가로로 걸쳐져 있는 그야말로 엉성해 보이는 문이 보였다.

북리곤 일행은 풍물이 바뀌자 걸음을 멈췄는데 그들은 막 그 통나무 문을 통과한 형태였다.

"문주, 어디로 가야 하는가?"

장로 중 한 명이 북리곤의 결정을 기다렸다.

북리곤은 눈앞에 펼쳐져 있는 사막을 둘러본 뒤 고개를 저었다.

"아직은 아닙니다. 준비를 좀 해야 할 것 같군요."

모든 게 조심스러웠다.

게다가 이계에서 처음 대한 곳이 사막이니 준비할 게 많았다. 얼마나 오랫동안 수색해야 할지 예상할 수 없으니 무엇보다도 식수와 식량을 넉넉히 준비해야 할 것 같았다.

그 외에도 무기와 이것저것 장비들은 물론 무기와 약도 가능한 많이 준비해야 했다.

북리곤은 다시 돌아가는 것도 확인할 겸 식수와 식량을 챙기기 위해 일행과 함께 되돌아 나왔다.

第九章

이계진입

이계진입 1

세 번의 사막지대를 가로질러 도착한 네 번째 숲은 지금까지의 숲과는 전혀 달랐다.

우선 지금까지의 숲과는 그 규모에서도 차이가 컸다.

저 앞쪽으로 천산을 방불케 하는 거대한 산이 우뚝 솟아 있고 그 좌우로 병풍처럼 산맥이 길게 누워 있었는데 높이만 해도 족히 일천 장에 달할 듯 웅장한 산세였다.

숲이 얼마나 방대한지는 아예 어림잡을 수도 없을 정도.

게다가 숲 전체에 빽빽이 들어차 있는 나무들은 하나같이 기형적으로 컸다.

어떤 나무는 높이 일백여 장, 둘레만 해도 십여 장에 달했다. 당연히 나뭇잎의 크기도 엄청나 족히 한 사람이 이불 삼아 덮어도 될 정도였다.

귀검 유무명 일행은 자신들이 거인국에 들어선 것 같은 엄청난 광경에 모두 입을 딱 벌리지 않을 수 없었다.

다행이라면 식량 걱정은 하지 않아도 된다는 점이었다.

온갖 과일들이 지천에 널려 있었는데 그 크기가 족히 어른 머리보다도 커 한 사람이 하나 이상을 먹을 수 없을 정도였다.

귀검 유무명 일행은 새로운 숲을 십 리 정도 들어선 뒤에 정착할 곳을 결정했다. 산세가 가파르게 올라가기 직전의 방원 일백여 장 정도 되는 공터였다. 무엇보다도 가까운 곳에 계곡이 있어 당분간 머물기에 적당한 곳이었다.

정착할 곳이 정해졌으니 먼저 주변을 탐사해야만 한다. 혹시 있을지 모르는 위험에 대비하기 위해서였다.

하지만 일행은 일단 휴식을 취하기로 했다.

사막을 통과하고 다시 울창한 밀림 속을 십여 리나 강행군하는 바람에 모두 극도로 지친 데다 이미 어두워지기 시작한 때문이었다.

모닥불을 피운 건 추워서가 아니었다.

아늑함과 평온한 느낌을 준다고 할까.

사막에서는 낮과 밤의 기온차가 심해 밤이 되면 혹독한 추위가 찾아왔지만 이 숲에서는 밤이 되어도 전혀 춥지 않았다.

모두 모닥불을 중심으로 잠자리에 든 지 대략 반 시진가량 되었을까?

"무언가가 오고 있습니다."

장로 중 한 명이 일어나 앉으며 나직이 입을 열었다.

귀검 유무명 역시 이미 무언가가 다가오는 기척을 느끼고 눈을 뜬 상태였다.

"나무에서 나무를 타고 오는군. 뭐 중원의 원숭이 같은 게 아닐까?"

"그럴 수도 있지만……."

처음 입을 열었던 장로는 기척이 느껴지는 쪽을 향해 시선을 고정했다. 잔뜩 긴장한 태도였다.

중원과는 전혀 다른 세상이다.

어느 것 하나 방심할 수 없었다.

무언가가 다가오는 기척이 멈춰진 곳은 공터가 시작되는 지점이었다.

모닥불 불빛이 미치지 못하는 저쪽의 숲은 어둡기 이를 데 없다. 게다가 우거진 나뭇잎이 위에 몸을 숨기고 있어 가까이 다가온 게 무엇인지는 보이지 않았다.

장로들이 주섬주섬 몸을 일으켜 공터 저 앞의 숲 곳곳을 응시하기 시작했다.

나무 위에서 나무들을 타며 다가온 미지의 존재는 한둘이 아니었다.

하지만 그 미지의 존재들은 공터 안으로는 들어서지 않은 채 숲에만 머물러 있었다. 귀검 유무명 일행을 조심스레 탐색하는 듯이 느껴졌다.

장로 몇 명이 서로 눈을 마주친 뒤 귀검 유무명의 허락을 구한다는 듯 그를 바라보았다.

귀검 유무명이 고개를 끄덕였다.

"공격하거나 죽이지는 말고… 뭔가 살펴보기만 하게."

"예."

대답과 동시에 장로 중 두 명의 모습이 제자리에서 사라져 버렸다.

천천히 일어서는 척하다가 막상 몸을 일으키는 순간 최대 속도로 경공을 펼친 것이다.

두 장로는 공력을 끌어 올려 최대한 빠른 속도로 숲에 도착한 뒤 각자 미지의 존재가 있는 나무들 위로 치달려 올라갔다.

파파팟!

잠시 후, 나뭇가지가 흔들리는 소리들이 요란하게 들려왔다.

두 장로 때문에 공터 앞까지 다가와 있던 미지의 존재들이 황급히 도망치느라 소란이 벌어진 것이었다.

"저놈들… 제법 빠른데요?"

순식간에 미지의 존재들이 멀어져 가는 소리를 들으며 장로 중 한 명이 고개를 갸웃했다.

"보아하니… 한 마리도 못 잡은 것 같군."

누군가가 중얼거렸다.

과연 잠시 후 모닥불 앞으로 돌아온 두 장로는 빈손이었다.

한데 두 사람 모두 충격을 받은 표정이었다.

"왜들 그런 표정인가? 잠에서 깨어나 보니 낯선 사내가 배 위에 올라타 있는 걸 목격한 과부의 표정 아닌가?"

"사람이었습니다."

"사람……?"

"예. 그걸 사람이라고 해야 할지는 모르겠지만… 분명히 인간이었습니다."

두 사람이 겪은 충격이 모두에게 전파된 것일까?

일행은 잠시 동안 말을 잊었다.

*　　　*　　　*

두툼한 발바닥 속에 감춰져 있던 발톱은 비수나 진배없었다.

길이는 무려 세 치가 넘고 갈고리처럼 휘어져 가히 철판이라도 찢어 낼 듯 단단해 보인다.

삼 장 정도의 거리는 단 한 번의 도약으로 덮쳐 오는데 뿜어져 나오는 힘 또한 엄청나 감히 마주칠 수 없을 정도였다.

북리곤 일행은 중원의 늑대에 비해 두 배는 크고 허리춤에 돌도끼를 차고 걸어 다니는 늑대 비슷한 괴물을 대하고 경악을 금할 수 없었다.

북리곤 일행이 실종된 귀검 유무명 장로 일행을 찾아 이계에 들어선 게 열흘 전, 세 번째의 숲을 가기 위해 다시 사막을 가로지르던 중 괴물의 대군을 만난 것이다.

첨병으로 짐작되는 괴물 오십여 마리는 이미 그들의 주위에 시체로 널려 있었다.

무공을 익힌 사람이라도 쉽사리 처치할 수 없는 괴물들이었지만 한 명 한 명이 모두 절정에 이른 고수인 월단퇴의 장로들을 위협할 수는 없었다.

문제는 오십여 장 앞 능선 위에 방금 해치운 괴물들이 구름처럼 늘어서 있다는 점이었다.

도대체 몇 마리나 되는지 가늠하기도 어려울 정도의 엄청난 대군이었다.

"저놈들… 물러날 기미가 없군요."

"우릴 먹이로 알고 있는 것 같습니다."

북리곤 일행은 차라리 기가 막혔다.

괴물들과 일전을 치른 것이 불과 일다경 전, 모두 절정의 고수이니 만치 고군분투했다곤 할 수 없었지만 아직 놀란 가슴을 쓸어내리기도 전이었다.

“문제는… 우리가 강한 걸 알고도 기가 꺾이지 않는 거야.”

“쩝… 그것 참! 저 많은 놈들을 모두 죽일 수도 없고 그렇다고 먹이가 되어줄 수도 없으니 이 일을 어쩐다?”

기실 북리곤 일행은 이계에 들어서며 한 가지 원칙을 세운 바 있었다.

그들이 사는 곳과는 다른 세상이지만 이곳에도 나름대로의 질서가 있을 터.

만에 하나 이계의 질서를 무너뜨릴지 몰라 가능하면 아무것도 손대지 않고 귀검 유무명 장로 일행만 찾아 돌아간다는 게 그것이었다.

하지만 풀뿌리, 나무 한 그루 건드리지 않는다는 원칙은 단지 희망사항이었을 뿐 이미 깨어진 상태였다.

싸우기 싫다면 도망이라도 쳐야 한다.

하지만 사방이 확 트여 있는 사막인지라 도망갈 곳도 없고 더구나 북리곤 일행이 가고자 하는 숲은 괴물의 대군들이 포진해 있는 능선 뒤쪽이었다.

말도 통하지 않겠지만 말로 설득할 수 있는 적도 아니었다.

“문주, 어찌해야 하는가?”

한심하다는 표정이 되어 능선 쪽을 바라보고 있던 이장로가 문득 눈을 돌렸다.

“일단 능형으로 진을 짠 뒤 돌파해야 하지 않겠습니까?”

북리곤으로서도 뾰족한 방법은 없었다.

그가 예전에 북천조 조광을 구하기 위해 한번 써먹어본 적이 있는 능형진을 떠올린 건 너무도 당연한 일이었다.

"능형으로 진을 짠다? 그것 괜찮겠군. 지친 사람은 잠시 그 안쪽에서 쉬며 재충전할 수도 있으니."

이장로가 고개를 끄덕였다.

기실 이계로 들어선 구조대의 통솔자는 북리곤이 아니었다.

북리곤은 증조부뻘도 더 되는 장로들에게 명령을 내릴 수 없어 아예 이장로에게 지휘를 맡겨 버린 것이다.

꽈아아…….

괴물들의 대군이 공격을 시작한 건 북리곤 일행이 막 능형으로 진을 짜기도 전이었다.

두 발로 서 있던 괴물들이 네발로 뛰어오는데 그 기세가 가히 해일이 밀려오는 것 같았다.

게다가 네발로 모래를 박차며 뛰어오는 바람에 뿌옇게 모래먼지가 일어 마치 모래폭풍을 몰고 오는 듯 엄청난 위세였다.

"끄응… 손발이 바빠지겠구먼."

"쩝… 요기를 때울 시간도 한참 지났는데… 밥이나 먹은 뒤에 공격해 올 것이지."

장로들이 한가한 표정으로 중얼거렸다.

하지만 공력을 끌어 올린 그들의 눈에서는 터질 것 같은 긴장의 빛이 가득 담겨 있었다.

"문주는 진 안쪽에 있게."

이장로가 긴장한 채 앞을 주시하며 북리곤에게 입을 열었다.

"하지만……."

북리곤은 오히려 선봉에서 싸우고 싶었지만 이장로의 태도는 완강했다.

이장로는 물론이고 모든 장로는 북리곤을 문주이기는 해도 그저 사랑스러운 증손주 정도로만 여기고 있었다.

북리곤 역시 장로들 앞에서 문주로서의 위엄을 내세운 적이 없었다.

하지만 일단 싸움이 벌어지자 장로들의 태도는 달랐다. 북리곤을 자신들이 지켜야 할 문주로서 철저하게 호위하기 시작한 것이다.

좀 전의 싸움에서도 괴물들이 공격해 오는 순간 장로들은 사전에 약속이라도 한 듯 북리곤을 둘러싼 채 호위했는데 그를 위해서 목숨을 걸 듯한, 엄숙하리만치 진지한 태도들이었다.

콰아아…….

오십여 장 거리가 순식간에 좁혀졌다.

"돌파한다. 저 숲까지 전력으로 질주한다."

이장로가 소리치며 선두에서 괴물들의 대군 속으로 뛰어들었다.

카아악!

괴물들은 목이 베어지거나 허리가 잘리기 전에는 어지간한 부상에는 끄떡도 하지 않았다.

한쪽 다리가 잘린 상태에서도 이빨을 드러낸 채 덮쳐 오는 모습이 가히 전율스러울 정도였다.

게다가 괴물들은 넝쿨로 묶어 허리에 차고 있던 돌도끼를 꼬리로 휘어감은 채 무기로 사용했는데 그 위력이 그야말로 살인적이었다.

일반적으로 동물들의 꼬리는 도약할 때 몸의 균형을 잡아주는 정도의 역할뿐이다.

하지만 괴물들은 돌도끼를 감아 쥔 꼬리를 긴 채찍처럼 사용하고 있었다.

갈고리처럼 예리한 발톱과 비수를 거꾸로 꽂아 놓은 듯 무시무시한 이빨, 여기에다가 예측할 수 없는 방향으로 날아들고 있는 돌도끼…….

게다가 아무리 죽여도 줄어들지 않는 엄청난 숫자.

북리곤 일행은 일장을 전진할 때마다 수십여 마리의 괴물을 쓰러뜨렸지만 괴물들의 기세는 조금도 줄지 않았다.

오히려 싸움이 치열해질수록 더욱 광폭해져 미쳐 날뛰는 느낌뿐이었다.

'이런 식으론 어렵다.'

북리곤은 능형진의 안쪽에서 주위를 둘러보며 내심 고개를 흔들었다.

문득 그의 눈이 빛을 발했다.

괴물들의 대군이 늘어서 있던 능선의 위에 한 떼의 괴물들이 아직 남아 있는 게 그의 눈에 들어왔다.

다른 괴물들보다 더 크고 위맹해 보이는 괴물 한 마리가 마치 주위의 괴물들을 거느리는 듯한 자세로 전장을 지켜보고 있었다.

'저놈이 이 괴물들의 우두머리이다. 그렇다면……?'

대부분의 야수들은 무리를 통솔하는 지휘자를 잃게 되면 지리멸렬 흩어지게 된다.

그 점에 생각이 미친 북리곤은 지게에 싣고 있던 통에서 묵룡갑을 꺼내 착용한 후 다시 반검 미완을 오른손에 틀어쥐었다.

"이장로님! 괴수를 치겠습니다."

북리곤은 우렁차게 소리친 후 모래를 박차고 뛰어 올라 허공에서 재주를 넘으며 능형진을 벗어났다.

다음 순간, 북리곤은 덮쳐 오는 괴물들의 어깨나 머리를 밟으며 허공을 건너뛰기 시작했다.

"문주!"

이장로가 깜짝 놀라 북리곤을 뒤쫓기 시작했다.

이렇게 되자 능형진이 와해된 채 오십여 명의 장로들은 북리곤의 뒤를 쫓아오며 하나의 장창처럼 곧바로 괴물들 속을 돌파하는 형세가 되었다.

북리곤은 앞에서 덮쳐 오는 괴물들을 묵룡갑으로 쳐내거나 반검 미완으로 베어내며 걸음을 멈추지 않았다.

괴물들 역시 자신들의 우두머리가 있는 쪽으로 질주하고 있는 북리곤의 의도를 눈치챈 듯 결사적으로 앞을 막아왔다.

괴물들의 머리를 밟으며 허공을 건너뛰던 북리곤은 어느 한순간 모래바닥에 내려섰는데 그 뒤부터는 이십사능보가 위력을 발휘해 단 한 순간도 지체하지 않았다.

괴물들은 분명히 앞에서 달려오는 북리곤을 보고 공격했는데 순간적으로 그가 사라진 뒤 계속 저 앞쪽으로 치달려 가는 모습에 어리둥절 놀라곤 했다.

어깨와 어깨를 맞댄 채 밀려오고 있는 괴물들의 속을 삼십여 장이나 질주하면서도 북리곤이 실제적으로 손을 써 괴물들을 쓰러뜨린 건 이십여 마리에 지나지 않았다.

빙글빙글 돌기도 하고 미끄러지기도 하며 움직이는 이십사능보의 위력이 그만치 뛰어났기 때문이었다.

크아아아학!

잠시 후, 북리곤이 무서운 속도로 치달려 오는 걸 지켜보던 우두머리가 크게 포효하며 북리곤을 상대해 왔다.

북리곤은 삼 장 거리에 멈춰선 채 덮쳐 오는 우두머리의 동작을 지켜보았다.

앞발과 뒷발, 그리고 크게 벌린 입과 돌도끼를 휘어감은 긴 꼬리.

북리곤은 아직 허공에 떠 있는 괴물이 어떤 식의 공격을 펼칠지 이미 그 역도(力道)를 꿰뚫고 있었다. 공격해 오는 방향과 힘이 저절로 감응한 것이다.

동시에 북리곤의 몸이 반응해 빙글 반 바퀴 회전하며 오히려 앞으로 미끄러져 갔다.

괴물들의 우두머리는 오른쪽 앞발로 북리곤의 머리를 치고 뒷발로 가슴과 하복부를 긁어내린 뒤 목덜미를 입으로 물어뜯기 위해 도약했으나 북리곤은 이미 제자리에 없었다.

북리곤은 단지 반걸음만 옆으로 움직여 반 바퀴 몸을 회전시킨 후 옆으로 스쳐 가는 우두머리를 향해 반검 미완을 뻗어냈다.

이미 검기가 발현되어 반검에 불과한 미완에서는 다섯 척에 달하는 검기의 기둥이 뻗어 나와 있었다.

서걱!

그 간단한 동작에 우두머리의 목이 베어졌다.

북리곤은 바닥으로 떨어져 내리는 괴물의 목을 왼손으로 잡아 머리 위로 번쩍 쳐들었다.

당당하다고 할까.

괴수의 잘린 머리를 머리 위로 우뚝 치켜든 북리곤의 신위는 가히 천장(天將)의 그것이었다.

순간 정지된 그림 같은 광경이 이어졌다.

미친 듯이 월단퇴의 장로들을 향해 공격을 퍼붓던 괴물들의 동작이 멈춰진 것이다.

그들의 눈이 향한 곳은 바로 북리곤의 손에 들려진 우두머리의 머리였다.

별안간 찾아든 정적 속에서 짧은 시간이 억겁처럼 길게 느껴지며 지나갔다.

잠시 후, 괴물들은 주춤거리며 물러나기 시작했다.

북리곤의 계획이 적중한 것이었다.

2

괴물 늑대의 대군들 대부분은 능선 저 아래쪽에 있었다.

우두머리가 죽자 괴물 늑대들이 더 이상 공격해 오지 않는 걸 확인한 후 북리곤 일행은 능선 위에서 휴식을 취했다.

죽은 사람은 없었지만 크고 작은 부상을 입은 장로가 한두 명이 아니었다.

일행은 휴식을 취하는 한편 준비해 온 물과 건포로 시장기를 때웠다.

"문주!"

이장로가 다가들자 북리곤은 잘못을 저질렀다가 야단맞을까 봐 주눅이 든 어린아이처럼 움찔하지 않을 수 없었다.

아니나 다를까.

"문주의 판단은 옳았지만 행동은 틀렸네."

"무엇이 말입니까?"

"앞으로는 좋은 계획이 떠오르면 우리에게 지시를 내려주게. 행동을 하는 건 우리가 되어야 하네. 곧 문주가 위험을 무릅써서는 안 된다는 것이네."

"음……."

북리곤은 무어라 반박하려다가 입을 다물었다.

이장로를 비롯한 장로들이 북리곤을 지키려는 것은 단지 그가 문주이기 때문만은 아니었다.

또한 월단퇴의 봉문을 해제시켜 준 은인이기 때문도 아니었다.

그야말로 혈육 이상의 사랑이라고 할까.

그것을 잘 알고 있기 때문에 북리곤은 반박하지 못한 채 고개만 끄덕일 수밖에 없었다.

"어? 저놈들… 지들끼리 싸우는구먼."

이때 건포를 씹으며 능선 아래쪽을 무심히 지켜보던 장로 중 한 명이 고개를 갸웃했다.

북리곤이 고개를 돌려 운집해 있는 괴물 늑대들을 바라보니 과연 두 마리가 치열하게 싸우고 있었다.

나머지 괴물 늑대들은 주위에 몰려 그들의 싸움을 지켜보고만 있었는데 괴물 늑대들 전체에 기이한 열기가 가득 차 있었다.

북리곤의 뇌리로 한 가지 생각이 스쳐 갔다.

"헛일을 한 셈이 되었군요. 저놈들… 새로운 우두머리를 뽑는 겁니다. 우두머리가 결정되면 또다시 우릴 공격해 올 테고요."

"뭐 그래도 헛일은 아니었네. 잠시나마 휴식을 취할 수 있었으니 말일세."

상황이 심각했다.

우두머리를 죽여도 다시 새로운 우두머리를 정해 공격해 온다면 적의 괴수를 제거하는 작전도 별반 소용이 없었다.

장로 중 한 명이 북리곤에게 다가오며 입을 열었다.

"이번에는 우두머리를 죽일 게 아니라 생포해 보는 게 어떻겠습니까?"

"놈들의 우두머리를 붙잡아 길을 들이자는 말인가?"

"뭐 기를 들일 수는 없어도 기를 꺾을 수는 있지 않겠습니까?"

"효과가 있을지 없을지는 모르지만 지금으로서는 그 방법밖에 없으니 일단 시도는 해보기로 하지."

이장로가 결정을 내리자 휴식을 취하고 있던 장로들이 일제히 몸을 일으켰다.

커우우우…….

밥 한 끼 지을 시간쯤 흘렀을까?

치열하게 싸우던 두 마리 괴물 늑대 중 한 마리가 나머지 한 마리를 죽이고 고개를 젖힌 채 승리의 포효를 내질렀다.

이어 새로 우두머리가 된 괴물 늑대가 북리곤 일행이 있는 능선을 손짓했다.

그러자 괴물 늑대들이 일제히 북리곤 일행을 향해 몰려오기 시작했다.

짐작했던 그대로였다.

"문주는 쉬고 있게."

일순 이장로의 신형이 둥실 허공에 떠올랐다가 일직선으로 괴물 늑대의 대군 쪽을 향해 치달려 갔다.

동시에 이십여 명의 장로들이 그 뒤를 쫓아 번개같이 치달려 갔다.

이미 단단히 각오하고 괴물 늑대들 속으로 뛰어든 이장로였다.

앞을 가로막는 괴물 늑대 서넛이 손짓 한 번에 사방으로 흩날렸다.

마치 잿빛 구름을 가르는 듯한 엄청난 신위였다.

이장로가 새로운 우두머리의 뒷덜미를 잡고 다시 능선 위로 돌아온 건 불과 차 한 잔 마실 시간이 지나기도 전이었다.

이장로의 뒤를 덮쳐 오는 괴물 늑대들을 맡은 건 나머지 이십여 명의 장로들이었다.

새로운 우두머리가 잡혀가자 나머지 괴물 늑대들은 더 이상 공격해 오지 않고 북리곤 일행을 포위한 형태로 움직이지 않았다.

이장로는 붙잡아 온 괴물 늑대들의 새 우두머리를 바닥에 내팽개쳤다.

이어 장로들 이십여 명이 둥글게 포위한 채 한 명만이 새 우두머리와 대치해 섰다.

"이놈아! 덤벼봐라."

첫 번째로 괴물 늑대들의 새 우두머리와 싸우기로 한 것은 당장 관 속에 들어가도 이상할 게 없을 것 같은 모습을 한 이십칠장로였다.

카아악!

새로 우두머리가 된 괴물 늑대가 무시무시한 발톱을 휘두르며 덮쳐 왔다.

체구만 해도 무려 두 배가 넘는다.

개다가 엄청난 힘과 함께 광포한 기세를 뿜어내고 있는 괴물 늑대에 비해 어린아이처럼 체구도 작고 파삭 늙어 보이는 이십칠장로의 모습은 누가 보아도 애처롭기까지 했다.

빠억!

덮쳐들던 괴물 늑대의 턱이 홱 돌아갔다.

그 큰 체구가 무려 반 장이나 붕 떠올랐다가 다시 모래바닥에 처박혔다.

"단지 누가 서열이 높은지 알려주려는 것이니 죽이지는 말게."

이장로가 당부했다.

"그러니까 네놈과 이 몸의 서열 싸움이라 이거지……?"

이십칠장로는 신이 난 채 다시 덮쳐 오는 괴물 늑대의 옆구리를 걷어찼다.

마치 대북을 두드리는 듯한 음향과 함께 괴물 늑대의 몸이 다시 이 장이나 날려 갔다가 모래에 처박혔다.

힘과 기세, 체격 조건에서는 분명히 괴물이 위였다.

하지만 팔십 년 이상 무공을 연마해 온 월단퇴의 장로 앞에서 괴물 늑대는 그저 장난감에 지나지 않을 뿐이었다.

그야말로 개 패듯 패기 시작한 지 일다경가량 지났을까?

괴물 늑대는 눈앞의 이십칠장로가 넘을 수 없는 벽이라는 걸 깨달은 듯 바닥에 납작 엎드린 채 더 이상 덤벼들지 않았다.

하지만 이십칠장로가 물러나고 다른 장로가 나서자 괴물 늑대는 또다시 기세를 올리며 공격해 왔다.

따악!

새로 나선 사십구장로는 단봉을 쥐고 있었는데 그 단봉으로 정확히 괴물 늑대의 정수리만을 내려쳤다.

한 번 가격당할 때마다 괴물 늑대는 고통으로 몸부림쳤는데 십여 대를 얻어맞고서야 다시 모래 바닥에 납작 엎드렸다.

얼마의 시간이 흘렀을까?

사람이 바뀌어도 괴물 늑대가 더 이상 덤벼들지 못하게 된 것은 십여 명의 장로들이 원 없이 몸을 풀고 난 뒤였다.

"이제 풀어줘 볼까요?"

우두머리 괴물 늑대는 기가 꺾여 감히 눈조차 마주치지 못하고 있다가 포위망 한쪽을 열어주자 엉거주춤하며 무리 속으로 돌아갔다.

북리곤을 비롯해 모든 장로들이 과연 이 계획이 성공할지 실패할지 궁금해 우두머리 괴물 늑대를 지켜보지 않을 수 없었다.

한데 무리 속으로 돌아간 우두머리 괴물 늑대는 언제 그랬냐는 듯 포효하며 무리들에게 북리곤 일행을 공격하라는 몸짓을 했다.

꽈아아…….

또다시 엄청난 괴물 늑대의 대군이 북리곤 일행을 향해 해일처럼 밀려오기 시작했다.

"저런 배은망덕한 놈 같으니……."

"그냥 짐승인데 은혜를 모르니 마니 따진다는 게 어불성설이지."

장로 모두 혹시나 하고 기대했다가 역시나 하는 표정이 되어 제각기 투덜거렸다.

"또 잡아 오세."

"잡아 와서 어쩌게?"

"칠종칠금(七縱七擒)이라는 말이 있지 않은가?"

"제갈량이 맹획을 일곱 번 잡은 뒤 다시 일곱 번을 풀어주어 결국 굴복받았다는 말 말인가? 하지만 그거야 상대가 그래도 인간이었지 않은가!"

"그래도 혹시 모르지 않는가. 지금으로썬 그 방법밖에 없을 것 같구먼."

장로들 이십여 명이 몰려오고 있는 괴물들을 향해 치달려갔다. 괴물 늑대들의 새 우두머리를 다시 붙잡아 오기 위해서였다.

"인간인 맹획을 굴복시키는 데도 일곱 번을 붙잡았다가 놓아주었으니 저놈을 굴복시키려면 도대체 몇 번을 붙잡았다가 놓아주어야 하는 걸까?"

"뭐 백 번이라도 해야겠지."

괴물 늑대들 속으로 뛰어드는 장로들 사이에서 두런거리는 음성이 들려오자 북리곤과 이장로가 서로 눈을 마주치며 쓴웃음을 머금었다.

그야말로 칠종칠금의 재현이었다.

괴물 늑대들의 새 우두머리를 붙잡아 장로 중 한 명과 싸움을 하게 만들어 실컷 두들겨 패고 놓아준다.

모래바닥에 납작 엎드려 복종하는 자세를 보였던 새 우두머리는 무리로 돌아가기 무섭게 다시 기가 살아 공격 명령을 내린다.

그러면 다시 붙잡아 와 또 두들겨 팬다.

이런 식으로 다섯 번을 반복하자 변화가 생겼다.

다섯 번째 붙잡아 와 다시 풀어준 뒤 새 우두머리는 더 이상 북리곤 일행에 대한 공격 명령을 내리지 않고 무리들을 이끌고 사라진 것이다.

짐작건대 괴물 늑대들은 앞으로 북리곤 일행은 물론이고 인간에게는 덤벼들지 않을 듯했다.

겨우 다섯 번을 잡았다가 놓아준 뒤 상황이 종료된 건 북리곤 일행에게 오히려 의외의 일이었다.

때문에 제갈량은 맹획을 일곱 번 붙잡았다가 놓아준 뒤 굴복받았는데 이 괴물 늑대는 다섯 번 만에 굴복했으니 오히려 인간보다 낫다느니 어쩌니 의견이 분분했다.

*　　　*　　　*

새로운 숲에 도착한 다음 날 아침, 산과일로 배를 채운 귀검 유무명 일행은 주변 탐사에 나섰다.

먼저 숲의 전체적인 윤곽을 파악하기 위해 장로 중 세 명을 가까운 산봉우리로 보내고 나머지 인원은 주변을 면밀히 조사했다. 어젯밤 공터 가까이 다가온 미지의 존재에 대해서는 먼저 주변이 안전한 것을 확인한 뒤 추적할 계획이었다.

주변을 탐색하는 일은 생각처럼 쉽지가 않았다. 밀림이 어찌나 울창한지 넝쿨들과 나무들 사이를 뚫고 가는 게 만만치 않았던 것이다.

어쩌다 짐승들이 오가는 바람에 만들어진 것 같은 소로가 눈에 뜨이기는 했지만 다행히 주변에 위험해 보이는 동물은 보이지 않았다.

"정상 반대쪽으로도 밀림이 이어져 있는데 그 끝이 보이지 않았습니다."

두 시진 뒤, 가장 가까운 산봉우리에 올라갔던 장로들이 돌아왔는데 이 숲은 사막의 다른 숲처럼 섬처럼 떨어져 있는 형태가 아니라고 했다. 그야말로 미지의 대륙이 그들 앞에 펼쳐져 있었던 것이다.

가까운 주변 탐색이 끝나자 일행은 탐색 범위를 좀 더 넓히기로 했다. 어젯밤 정착지까지 다가왔던 인간과 비슷하게 생겼다는 괴물의 추적을 겸한 탐색이었다.

잠시 후, 마비되어 움직이지 못하는 사람들을 위해 두 명이 정착지에 남고 나머지는 두 명씩 한 조를 이뤄 각기 방향을 정해 출발했다.

숲은 풍요로웠다.

곳곳에 먹을 수 있는 과일들이 널려 있었고 맑은 물이 가득한 호수 또한 한둘이 아니었다.

게다가 그야말로 숲 반, 동물 반이었다. 중원의 사슴과 토끼, 노루 등과 비슷한 여러 종류의 동물이 숲 전체에 가득했다.

어두워지기 전 탐사를 나갔던 일행이 다시 정착지로 돌아왔을 때 서북방향으로 탐사 나갔던 조가 놀라운 사실을 이야기했다.

산의 서쪽 계곡에서 인간과 비슷한 종족이 사는 곳을 발견했다는 것이었다.

피부는 눈처럼 희고 모두 하나같이 절세의 미녀에 미남이다.

여자는 모두 중원에 나간다면 그야말로 모두 경국지색으로 칭송받을 미모였고 남자들 또한 뭇 여인들을 잠 못 이루게 만들 만큼 준미했다.

인간과 다른 점은 모두 인간보다 체구가 크고 다람쥐의 꼬리와 같은 형태의 탐스러운 꼬리가 있다는 점뿐이었다. 꼬리는 털이 풍부하고 길었는데 내리면 지면에 닿았고 올리면 머리 위까지 뻗었다.

이 다람쥐 인간들이 살고 있는 곳은 귀검 유무명 일행이 정착지로 정한 공터에서 서쪽 방향으로 십여 리 떨어진 계곡 안이었다.

계곡의 입구는 목책으로 막아 놓았는데 그 높이가 무려 삼십여 장에 달했고 폭 또한 십여 장이 넘었다.

출입구는 목책의 아래에 만들어져 있는 문이었다.

계곡이 보이는 숲 속에 도착한 귀검 유무명 일행은 몸을 숨긴 채 목책에 나 있는 문을 통해 드나들고 있는 다람쥐 인간들을 지켜보며 오랫동안 할 말을 잊었다.

꼬리가 달려 있다는 것만 빼면 분명히 인간이었다. 그것도 아름다울 뿐만 아니라 군살 하나 없이 균형 잡힌 조각품 같은 신체를 지닌 인간들이었다.

"저 목책을 보십시오. 이 숲 속에는 위험해 보이는 동물이 없는 것 같은데 무엇 때문에 저렇게 높고 튼튼하게 만들어 놓았을까요?"

문득 장로 중 한 명이 의혹을 드러냈다.

과연 다람쥐 인간들이 사는 계곡의 입구를 막고 있는 목책은 기이할 정도로 크고 탄탄했다. 무언가 거대한 괴수의 침범을 막기 위한 목책이 분명했다.

"우리가 모르는 어떤 위험이 있는 모양이군."

귀검 유무명이 긴장한 눈빛으로 고개를 끄덕였다.

열흘이 지났다.

이계에 떨어진 뒤 지금까지 고생한 것에 비하면 이 숲은 그야말로 천국이나 진배없었다.

식량과 식수 걱정도 없고 날씨도 온화한 데다 평화스럽기만 했다.

그동안 다람쥐 인간들은 정착지 주변까지 다가와 조심스레 탐색하곤 했는데 귀검 유무명 일행은 짐짓 모르는 체 내버려 두었다.

일부러 적의를 보일 필요는 없었다.

그동안 지켜본 결과 다람쥐 인간들은 매우 온순한 종족 같았다. 그들이 귀검 유무명 일행을 탐색하는 건 단지 호기심 때문인 것이다.

그 열흘 동안 귀검 유무명 일행은 일행이 살 수 있는 집을 짓느라 나름대로 바쁘게 보냈다. 언제까지 머무를지 알 수 없어 일단은 제대로 된 집이 필요했다.

식량에 대한 걱정이 없게 되자 긴장이 풀어진다.

구조대가 언제 올지, 과연 오기는 올지 불안해하던 마음도 어느새 상관없다는 기분으로 바뀌어 버린 것이다.

다시 열흘이 지났을 때 다람쥐 인간들은 귀검 유무명 일행의 정착지 안까지 드나들게 되었다. 경계심을 푼 것이다.

3

마치 중원의 천산을 방불케 하는 거대한 산이다.

천년의 신비를 안고 있는 듯한 느낌이라고 할까.

산은 천공을 이고 있는 듯 장엄했는데 그 정봉은 늘 구름에 가려 있어 보이지 않았다.

"그러니까 저 산의 정상 부근에 그 괴물이 살고 있다는 겁니까?"

귀검 유무명 일행 중 한 장로가 저 멀리 아득히 보이는 대산을 손짓하며 확인하듯 옆에 서 있는 다람쥐 인간, 화서족(花鼠族)을 바라보았다.

인간의 나이로 따지면 대략 오십은 넘었을 듯한 화서족이 고개를 끄덕였다.

비록 손짓 발짓을 섞어 가며 이야기해야 하지만 화서족과 최소한의 의사소통이나마 가능해진 건 서로 가까이 지낸 지 한 달가량이 지난 뒤였다.

"그러니까 길이가 백여 장에 달하고 몸 둘레의 직경이 일 장도 넘는다고……? 산봉우리에서 봉우리로 날아다니고?"

장로 중 화서족과의 통역을 담당하고 있던 장로가 나무막대기로 그림을 그려가며 화서족이 한 말을 일행에게 설명하자 듣고 있던 십삼장로가 문득 고개를 끄덕였다.

"용(龍)이구먼."

"용이요? 용을 본 적이 있습니까?"

"아암! 보았지."

십삼장로의 말에 둘러 앉아 설명을 듣던 일행의 눈이 휘둥그레졌다.

십삼장로는 풍채는 그럴듯하지만 실없기로 유명한 인물이었다. 게다가 허풍이 좀 센 인물인지라 모두 이내 설마 하는 표정이 되었다.

"언제 어디에서 용을 보았다는 겁니까?"

누군가가 웃음을 참으며 질문을 던졌다.

십삼장로가 정색했다.

"꿈에서 보았네."

일행 모두가 별안간 조용해졌다.

누군가가 입을 연 건 적지 않은 시간이 흐른 뒤였다.

"쩝! 꿈에서 보았다는 거였구먼."

"하긴 용꿈도 아무나 꿀 수 없는 귀한 것이긴 하지."

모두들 이해한다는 듯 고개를 끄덕이고 있었지만 한심해하는 표정들뿐이었다.

십삼장로는 다른 장로들의 표정을 보지 못한 듯 말을 이었다.

"그러니까 꿈에서 말일세. 내가 한 산등성이를 걷고 있는데 앞의 땅이 들썩이더란 말일세. 해서 걸음을 멈추고 가만히 지켜보고 있는데 갑자기 거대한 물체가 땅속에서 솟아올라 하늘로 올라가기 시작했네."

일행의 얼굴이 일그러졌다. 되도 않은 이야기를 끝까지 들어야 할 상황이기 때문이었다.

그래도 어쩔 수 없는 게 삼장로인 귀검 유무명 이외에는 그가 일행 중에서 서열이 가장 높아 핀잔을 줄 사람은 아무도 없었다.

"기름기로 번들거리는 비늘이 검은색의 몸통에 덮여 있었는데 그 굵기가 자그마치 일 장도 넘었네."

십삼장로가 혼자 신이 나 침을 튀기며 말을 이었다.

"난 그대로 몸이 굳어져 꼼짝도 못 했네. 압도된 것이지. 그 순간의 공포는 실로 이루 말할 수 없을 정도였네."

"혹시 그 용이 승천할 때 꼬리까지 보았는가?"

한쪽에서 잠을 청하는 듯 누워 있던 귀검 유무명이 문득 입을 열었다.

"꼬리요? 아뇨. 거대한 검은 기둥 같은 게 바로 내 앞에서 솟구쳐 올라가는 모습만 보고 그만 잠이 깨어서 꼬리는 미처 못 보았습니다."

"쯧쯧……! 아깝군."

"왜요? 꼬리까지 보아야 좋은 일이 있는 겁니까?"

"그게 아니라 승천하는 용의 꼬리를 똥개 한 마리가 물고 늘어진 상태라면 그게 용꿈일까 아니면 개꿈일까 궁금해져서 물어본 것뿐이네."

"예에?"

십삼장로가 멍청해졌다.

"와하하하……!"

"끅끅끅……."

장로들이 일제히 배를 잡고 웃기 시작했다.

통역 담당 장로가 다시 말을 이었다.

"편의상 이 괴물을 백망룡(白蟒龍)이라 하겠습니다. 화서족들 말도 비슷한 뜻이었습니다."

"백망룡이라……?"

"문제는 이 백망룡이 화서족을 잡아먹는다는 겁니다. 그들 말로는 한 달에 한 번 각 부족에서 돌아가며 제물을 바친다더군요."

그동안 귀검 유무명 일행이 겪은 바로는 아직 인간들처럼 문명이 발달하지는 않았어도 화서족은 인간에 가까운 존재였다. 그 화서족을 이무기인지 용인지 모를 괴물이 잡아먹는다는 말에 모두 분노의 기색을 감추지 못했다.

"그동안 지내보니 참으로 순박한 종족이었습니다. 그들을 위해 그 백망룡인가 하는 괴물을 죽여야 하는 거 아닙니까?"

장로 중 한 명이 심각한 표정을 머금었다.

통역을 맡은 장로가 고개를 저었다.

"그게 아닙니다. 백망룡이 없어지면 더 큰 위험이 찾아온다고 하더군요."

"더 큰 위험이라면?"

"전에 우리가 목격했던 그 괴물 늑대 말입니다. 백망룡이 없으면 그 괴물 늑대들이 이 숲으로 들어온다고 합니다. 화서족들이 거주지를 높은 목책으로 막은 건 그 괴물 늑대들 때문이었다더군요."

"그렇다면 그 백망룡 때문에 괴물 늑대들이 이 숲에 오지 못한다는 건가?"

"그렇습니다. 괴물 늑대들은 그 수효가 수십만 마리도 넘는데 이 숲에서 저 숲으로 떠돌아다니며 닥치는 대로 모든 걸 잡아먹는 파괴자 종족이라고 합니다."

"오호… 그런 놈들이 그 백망룡 때문에 근처에도 오지 못한다니… 백망룡이 그 정도로 강하다는 뜻인가……?"

"화서족들의 말에 의하면 백망룡은 지능이 아주 높다고 하더군요. 그 백망룡이 이 숲 전체를 지배하며 통제하는 바람에 이 숲에 사는 모든 동물이 평화스럽게 서로 공존하고 있다고 합니다."

"으음… 그러니까 이 숲의 신 같은 존재로군. 그게 사실이라면 죽이면 안 된다는 게 아닌가? 그렇다면 왜 그런 이야기를 우리한테 하는 건가?"

"문제가 생겼답니다. 얼마 전에 백망룡과 같은 종족 한 마리가 이 숲에 왔는데 그러니까… 편의상 흑망룡(黑蟒龍)이라 칭하겠습니다."

"흑망룡이든 백망룡이든 문제가 뭔지 빨리 말해보시게."

통역을 맡은 장로가 옆에 서 있는 화서족과 다시 한참 동안 손짓 발짓을 섞어가며 이야기하기 시작했다.

잠시 후, 이야기를 마친 장로가 다시 일행에게 설명하기 시작했다.

"흑망룡은 백망룡과 달리 성격이 포악하다고 합니다. 각 부족에서 제물로 바친 화서족 이외에도 마음 내킬 때마다 부락으로 내려와 수십 명씩 잡아먹는다고 하는군요."

"저런……!"

"우리가 화서족의 입장이라고 생각하면 정말 끔찍한 일이구먼."

화서족들은 흑망룡을 처치해 달라고 귀검 유무명 일행에게 부탁하는 게 아니었다. 단지 그런 괴물이 있으니 조심하라고 알려주기 위해 찾아온 것이었다.

귀검 유무명 일행은 순박하면서도 정이 많은 화서족의 마음 씀씀이에 감동을 받지 않을 수 없었다.

흑망룡의 존재에 대해 알려주러 온 화서족이 떠난 뒤 귀검 유무명은 일행을 불러 모았다.

"저 종족을 위해서라도 그 흑망룡인가 하는 괴물을 처치하고 싶은데 모두 어떻게 생각하시는가?"

"당연하신 생각이십니다. 저희들도 공격받을 수 있는데 그런 위험을 내버려둔 채 지낼 수야 없지요."

"죽이지요, 뭐! 제까짓 괴물이 아무리 흉측하다고 해도 미물은 미물일 뿐입니다."

"찬성합니다!"

이미 팔십 년 가까이 확고하게 자리 잡은 서열이니만치 서열 삼 위인 귀검 유무명의 말에 이견이 있을 수는 없었다.

목표가 정해지자 일행의 분위기가 일신되었다.

올지 안 올지도 모르는 구조대를 기다리면서 그저 하루하루를 보내던 침울한 분위기가 별안간 활기차게 변한 것이었다.

*　　　*　　　*

네 번째 숲에 들어선 북리곤 일행은 가장 먼저 귀검 유무명 장로 일행이 남겼을 흔적을 찾는 일에 주력해 이내 나무 중턱에 새겨진 하나의 부호를 찾을 수 있었다.

아름드리나무의 중간 부위의 껍질이 깎여 나가 허옇게 속살을 드러낸 곳에 기이한 부호가 음각되어 있었다.

높이는 정확히 사람의 눈높이 정도, 그들이 가는 방향과 다음번 흔적을 남길 거리가 표시된 부호였다.

사막에서는 흔적을 남길 수가 없다. 구조대를 위한 흔적을 남긴다 해도 모래바람이 불어오는 즉시 지워진다. 하지만 귀검 유무명 일행은 뒤따라 올 구조대를 위해 흔적을 남길 수 있는 곳에서는 반드시 흔적을 남겼다.

게다가 귀검 유무명 일행이 처음 이계에 들어선 곳을 기점으로 갈림길이 나오면 무조건 오른쪽으로만 가는 원칙을 지키는 덕분에 북리곤 일행은 어렵지 않게 추적할 수 있었다.

일단 실종된 사람들의 흔적을 찾아낸 북리곤 일행은 휴식을 취하지 않을 수 없었다.

괴물 늑대들과 실랑이하느라 모두 지쳐 있기도 했지만 너무 어두워져 추적을 이을 수가 없었다.

밤이 되자 울창한 밀림은 그야말로 자신의 손도 보이지 않을 만큼 어두워졌다.

북리곤 일행이 들어선 이계는 달은커녕 별조차 없었는데 천공은 그저 먹물을 뿌린 듯 암흑에 잠겨 공포감을 불러일으킬 정도였다.

자신들이 살던 세상과 다른 세상이라는 자각 때문이었을까.

몸은 피곤하지만 쉽사리 잠이 오지 않는다.

꾸어어어……!

그 소리가 들려온 것은 일행 대부분이 잠에 들지 못한 채 뒤척이고 있을 무렵이었다.

어둠을 뒤흔드는 엄청난 괴성이었다.

온 숲이 진동할 정도의 힘이 담겨 있는 괴성에 일행 모두 자신도 모르게 벌떡 일어나 앉았다.

모두 입을 열지 못한 채 서로의 눈을 찾았다.

제아무리 소리가 커도 소리는 단지 소리일 뿐이다.

하지만 일행은 모두 그 소리에 압도된 채 공포를 느껴야 했다.

지옥 십팔 층 저 아래에서 울려오는 듯한 처절한 공포와 천상에서 내리꽂히는 듯한 압도적인 힘을 겸비한 괴성.

모두 사고력조차 마비되는 것 같은 느낌에 충격을 받지 않을 수 없었다.

*　　　*　　　*

그저 큰 뱀 정도로만 생각했다.

이 숲의 모든 것이 중원과 비교할 수 없을 만치 거대하니 뱀도 그런 모양이라고 생각한 것이다.

하지만 며칠 전에 들려온 흑망룡의 포효에 귀검 유무명 일행은 생각을 달리하지 않을 수 없었다. 내공으로 따지면 울음소리에는 무려 천 년의 공력이 담겨 있는 것 같았다.

그렇다고 흑망룡을 처치하려는 계획이 바뀐 건 아니고 단지 준비를 좀 더 철저히 하기로 한 것이다.

당장 흑망룡을 잡으러 출동하려던 당초의 계획에서 무기를 만들어 대비하는 계획으로 바뀐 뒤 일행은 바쁘게 움직이기 시작했다.

사람이 평생 동안 무공 한 가지만 연마하고 살 수는 없다.

월단퇴의 장로들 역시 팔십여 년간 무공만 연마한 건 아니었다.

돌봐야 할 가족이 없고 특별히 머리 썩혀야 할 일도 없으니 무공을 연마하고 난 뒤에 남는 시간에는 각자 좋아하는 취미 생활에 빠져들었다. 어떤 장로는 낚시질을 좋아했고 또 어떤 이는 화초 가꾸는 일, 또 누구는 뭔가 만드는 일을 즐긴 것이다.

무릇 어떤 일이라도 십 년 이상을 매달리면 모두 그 방면의 대가가 되는 법. 때문에 월단회의 장로 대부분은 무공 이외에도 각기 한 가지씩 특기가 있었다.

그 특기를 살릴 수 있는 절호의 기회라고 할까.

평소 낚시를 즐기던 장로는 거대한 그물을 만들기 시작했고 또 무기 제조에 취미를 갖고 있던 장로는 길이 백 장에 달한다는 거대한 흑망룡을 잡을 수 있는 쇠뇌를 만들었다.

북리곤 일행이 귀검 유무명 일행과 합류한 건 바로 이 무렵이었다.

왁자지껄 한바탕 서로 회포를 푼 뒤 일행 모두 흑망룡을 잡을 준비에 시간을 보냈다.

삼 일 뒤, 흑망룡을 잡기 위한 준비를 모두 마친 일행은 화서족에게 도움을 청했다. 길 안내를 해줄 화서족이 필요했던 것이다.

흑망룡이 있는 곳까지의 안내를 맡은 건 인간으로 치면 나이 이십 정도 되는 화서족 청년이었다.

"자기 이름이 단다라고 하는군요. 단다라고 불러달랍니다."

통역을 맡은 장로의 말에 모두 고개를 끄덕였다.

장로 중 한 명이 시답잖은 표정이 되어 입을 열었다.

"우리가 자신들을 위해 흑망룡을 잡으러 가는 줄 알면서도 길 안내해주는 아이 한 명만 달랑 보냈구먼. 쯧쯧……!"

통역을 맡은 장로가 눈을 돌렸다.

“그게 아닙니다. 기실 화서족에게 흑망룡의 존재는 신과 마찬가지입니다. 감히 대항할 엄두도 내지 못하는 것입니다. 단다가 길 안내를 맡은 것도 스스로 자원한 것이라 하더군요.”

“신(神)은 얼어 죽을……! 결국은 뱀에 불과한 것을.”

“단다에 말에 의하면 화서족은 우리가 흑망룡을 죽이러 간다는 걸 알고 부족 전체가 공포에 질려 있다고 합니다. 우리가 흑망룡을 화나게 하는 게 두려운 겁니다.”

“그럼 저 아이는 정말 큰 용기를 낸 것이었구먼.”

장로 중 누군가가 새삼 기특하다는 눈빛으로 단다를 바라보았다.

第十章

흑망룡(黑蟒龍)

흑망룡(黑蟒龍) 1

출발은 다음 날 아침이었다.

단다는 처음에는 북리곤 일행을 배려해 선두에서 숲을 헤치며 걸었는데 한 시진도 되지 못해 답답한 듯 나무 위로 올라가 나무에서 나무를 건너뛰며 길을 안내했다.

숲이 너무 울창해 나뭇가지와 넝쿨들을 헤치며 길을 가는 건 쉽지 않았다.

게다가 커다란 바위로 막히거나 천 길 낭떠러지가 입을 벌리는 등, 한 시진을 쉬지 않고 전진해도 삼백여 장을 나가는 게 고작이었다.

단다가 나무 위에서 나무 위로 건너뛰며 움직이는 것을 보고 북리곤 일행도 단다처럼 움직이는 게 편하고 빠르다는 걸 알았지만 그렇게 할 수가 없었다.

흑망룡을 잡을 때 사용하기 위해 커다란 그물을 만들었는데 펼치면 방원 오십여 장을 뒤덮는 엄청난 크기인지라 십여 명이 함께 들어야 할 정도였다.

게다가 이 장 길이의 화살을 쏘기 위한 쇠뇌도 문제였다.

쇠뇌는 나무로 만든 활틀 위에 활을 얹고 손이나 기계를 이용하여 활시위를 당긴 후 방아쇠로 발사하는 무기이다. 흑망룡의 크기를 감안해 화살 역시 크게 만들었는데 나무의 이름은 모르지만 수질이 대나무처럼 강해 활틀에 올리기 전에는 장창처럼 사용할 수도 있었다.

모두들 고수이니만치 손으로 던져 내는 것도 위력이 강하겠지만 아무래도 기계로 발사하는 쇠뇌가 더욱 파괴적이고 위력적일 듯싶었다.

거대한 화살은 각기 하나씩 들고 이동하면 나무를 타는 것도 어렵지는 않지만 활틀이 문제였다. 두 사람이 함께 옮겨야만 하는 활틀이 열대나 되었던 것이다.

결국 일행은 어쩔 수 없이 숲을 헤치며 전진하는 수밖에 없었다.

천산을 방불케 하는 거대한 산은 귀검 유무명 일행의 거주지에서 보기에도 아득히 멀어 보이는 거리였다.

한데 실제로는 더욱 멀어 단다의 설명에 의하면 나무에서 나무로 건너뛰는 형태로 이동해도 족히 사흘 이상을 가야 산 아래에 당도할 수 있다고 했다.

일행은 낮에는 움직이고 밤에는 나무 위에서 잠을 잤다.

나무 위에서 잠을 자는 건 단다의 권유 때문이기도 했는데 밤이 되면 온갖 독충들이 숲의 바닥을 기어 다니기 때문이었다. 그 독충들은 낙엽 밑을 기어 다녀 발견하기도 어렵다고 했다.

과연 일행이 산 아래에 도착한 건 출발한지 이레째 되는 날이었다.

멀리서 볼 때에는 하나의 산봉우리로 이루어진 거대한 산이었다. 하지만 막상 가까워지자 산은 수많은 봉우리들로 이루어져 있었는데 온갖 형태의 봉우리들이 그야말로 기경을 이루며 서 있었다.

"흑망룡이 살고 있는 곳은 저 가장 높고 큰 봉우리의 중턱이랍니다."

통역을 맡은 장로가 한참 이야기한 끝에 수많은 봉우리들 중 한 곳을 손짓했다.

산 아래까지는 역시 울창한 숲이다.

하지만 위로 올라갈수록 나무가 듬성듬성해지더니 중턱을 지나자 나무는 물론이고 풀조차 없는 황량한 지형의 봉우리였다. 게다가 정면에서 보이는 중턱 경사면은 크고 작은 바위 조각들이 위에서 흘러내려 쌓여 있는 지형인지라 그쪽으로 오르는 건 불가능해 보였다.

"흑망룡이 있는 곳으로 오르려면 저쪽 계곡을 지나 산의 반대편으로 올라가는 수밖에 없다고 합니다."

통역을 맡은 장로가 다시 단다와 한참을 이야기한 후 일행에게 알려주었다.

일행이 도착한 곳에서 오른쪽으로 삼십여 장 앞에 봉우리와 봉우리의 경계를 이루고 있는 깊은 계곡이 보였다.

지옥의 입구처럼 음산하기 이를 데 없는 계곡이었다.

계곡은 폭이 넓어 십여 장에 달했다.

좌우의 절벽은 굴곡이 심했는데 곳곳에 가라진 틈이 보였고 전체적으로 습기를 머금고 있었다.

계곡 안쪽으로 오십여 장 정도 진입했을 때 일행은 짙은 비린내를 맡을 수 있었다.

"비린내가 심한 걸 보니… 이 계곡 안에는 독충들이 많은 것 같군요."

장로 중 독(毒)에 일가견이 있는 장로가 문득 눈살을 찌푸렸다.

좌우를 둘러봐도 보이는 건 없었다.

하지만 비린내는 점점 더 심해져 머리가 아플 정도였다.

"무엇인가가 오고 있습니다."

문득 또 다른 장로가 긴장한 채 입을 열었다.

귀검 유무명이 지온검을 다잡으며 고개를 끄덕였다.

"내자불선이라… 아무래도 좋은 놈들이 우리를 마중 나올 것 같지는 않고……."

아니다 다를까.

비린내가 점점 강해지면서 거대한 지네들이 모습을 드러냈다.

지네는 계곡을 이루고 있는 좌우의 절벽과 바닥의 색과 완벽히 똑같은 보호색을 하고 있어 가까이 다가온 뒤에야 눈으로 확인할 수 있었다.

지네는 지네인데 커도 너무 컸고 중원에서 볼 수 있는 지네와는 다소 형태가 달라 입 양쪽에 붙어 있는 집게가 무척이나 위력적으로 보였다.

길이는 무려 일 장이 넘고 몸통도 직경 한 자에 달한다.

게다가 그 숫자도 한둘이 아니었다.

좌우의 절벽 갈라진 틈 사이에서 스며 나오듯 나타나고 있는 지네들은 곧바로 북리곤 일행을 향해 다가오기 시작했다.

쓰으으으…….

…바닥은 물론이고 좌우의 절벽을 타며 미끄러지듯 다가오고 있는

지네들은 그 많은 수효에도 불구하고 움직이는 소리가 들리지 않았다. 그 많은 숫자의 지네들이 밀려오는데도 들려오는 소리라고는 지네의 입에서 나오는 낮고 기이한 음향뿐이었다.

"중원으로 돌아갈 때 저놈들 몇 마리 잡아 가세."

"저 징그러운 놈들을 무엇에 쓰려고?"

"지네가 약재로 쓰이는 건 알고 있겠지? 손가락보다 조금 큰 지네라도 제법 돈이 되는데 저렇게 큰 놈이면 오죽하겠는가."

"자네 설마… 저놈들을 천년오공이라고 사기 쳐 팔아먹겠다는 건 아니겠지?"

"천년오공? 맞아, 내가 왜 그 생각을 못했지? 천년오공이라면 부르는 게 값이란 말일세."

"끄응……!"

장로들이 점자 가까워지는 지네들을 보며 한가롭게 농을 주고받았다.

지네들이 더욱 가까워지자 단다가 공포에 질려 무어라 소리쳤다.

통역을 맡은 장로가 일행을 향해 설명을 이었다.

"이상하다는데요? 이 지네들은 절대로 다른 동물을 공격하지 않는데 왜 이렇게 한꺼번에 몰려오는지 모르겠답니다."

"설마 흑망룡이 이 지네들을 조종하고 있다는 겐가?"

"단다의 말에 의하면… 그렇다더군요. 놈이 우리가 접근하는 걸 이미 알고 있답니다."

"흑망룡이 다른 동물들을 조종하는 능력이 있단 말인가?"

일행은 단다의 말을 믿을 수 없는 기분이었다.

쉬이익!

어느새 일 장 앞까지 다가온 지네들 중 한 마리가 집게를 활짝 벌린 채 덮쳐 왔다.

장로 중 한 명이 들고 있던 쇠뇌의 화살을 장창 삼아 덮쳐 오는 지네의 몸통을 찍었다.

하지만 화살은 몸에 박히지 않고 옆으로 미끄러져 아무런 타격도 주지 못했다.

지네의 외골격은 강인하기 이를 데 없어 정면으로 찍지 않는 한 뚫리지 않았다. 조금이라도 각도가 틀리면 옆으로 미끄러져 버릴 뿐이었다.

하지만 움직이는 지네의 몸통을 직각이 되도록 정확히 맞춰 찍는 건 쉬운 일이 아니었다.

일행은 수십 마리의 지네에 둘러싸인 채 고군분투하기 시작했다.

쉽지 않은 싸움이었다.

가까이 접근하면 입으로부터 독액을 쏘아낸다.

그렇다고 거리를 두게 되면 검이나 도가 미치지 못하니 천상 쇠뇌의 화살을 장창처럼 사용하는 수밖에 없는데 마디와 마디 사이를 찍지 않는 한 아무런 효과가 없었다. 하지만 마디가 수시로 겹쳐지면서 그 좁은 틈마저 가리기 때문에 쉽지가 않았다.

북리곤은 반검 미완을 오른손에 쥔 채 검기를 발현시켰다.

이어 이십사능보를 펼치면서 지네에게 다가가 지네가 뿜어내는 독액을 피하면서 반검 미완을 휘둘렀다.

서걱!

이 방법은 확실히 효과가 있었다.

검기가 발현되면 쇠나 돌도 베어진다.

지네의 외골격이 아무리 강하다고 해도 검기마저 막을 수는 없다. 문제는 공력의 소모가 심해 계속 검기를 뿜어낼 수 없다는 점이었다.

"눈과 눈 사이를 찌르십시오. 그곳이 급소입니다."

이때 한 장로가 지네의 급소를 발견한 듯 소리쳤다.

쉬이이익!

그러자 장로들이 일제히 지네들을 향해 쇠뇌의 화살을 던져 냈다.

장창처럼 날아간 화살들은 기가 막힐 정도로 정확히 지네들의 눈과 눈 사이의 한 점에 박혀들었다.

순식간에 십여 마리의 지네들이 쓰러져 움직이지 않자 나머지 지네들은 일제히 도망치기 시작했다.

지네들을 물리친 일행은 길을 재촉해 두 시진 뒤 중턱까지 오를 수 있었다.

일단 중턱에 오른 일행은 다소 평탄한 지형을 찾아 모닥불을 피우고 건량을 나눠 먹는 등 휴식을 취했다.

더 이상 강행군하는 건 무리였다.

어느새 땅거미가 내리고 있었다.

'이곳에도 꿩 같은 게 있을까? 있다면 한 마리 잡아 진흙을 발라 저 모닥불 아래 묻어 놓았다가 먹으면 별미일 텐데…….'

'술도 한잔 곁들이면서 말이야. 술은 뭐가 좋을까? 죽엽청? 아니지, 꿩고기엔 여아홍이 제격이지.'

얼마의 시간이 흘렀을까?

단지 어두워졌을 뿐이지 잠자리에 들 시간은 아닌지라 일행은 각자 상념에 잠겨 있었다.

긴장한 것도 아니고 조급해하지도 않았다.

흑망룡이 제아무리 강하다고 해도 절정 급의 고수가 무려 육십여 명이나 된다.

장로들은 흑망룡을 잡기 위해 출동한 이번 일도 단지 신기하기만 한 이계를 둘러보는 정도로만 여기고 있었다.

'술이 먹고 싶다고? 가만… 이건 내 생각이 아닌데?'

'내 생각이 아니라고? 이게 무슨……? 그럼 누구 생각이라는 거지?'

'이곳은 별도 없고 달도 없구먼. 모닥불이 없으면 손가락도 보이지 않겠어.'

'무슨 소리야? 누가 전음을 보내는 거야?'

어느 한 순간, 장로들은 깜짝 놀라 서로를 돌아보았다.

십여 명 단위로 하나의 모닥불을 피워 놓고 그 주위에 둘러앉아 있는 형태였다.

그 많은 장로들의 생각이 얽히기 시작했다.

'전음은 아니야? 아무도 입을 연 사람도 없고… 뭐지?'

'불문에 혜광심어라는 기공이 있다고 들었어. 내 생각을 다른 사람의 머릿속으로 직접 보내는 기공이라던가? 누가 혜광심어라도 펼친 건가?'

실로 기이한 경험이었다.

이른바 사고(思考)의 전이(轉移)였다.

모든 장로들이 생각하는 게 모두의 머릿속에 그대로 전이된다.

결코 혜광심어는 아니었다.

혜광심어는 한 사람이 자신의 생각을 남에게 전달하는 것일 뿐 이런 식으로 수많은 사람들의 생각이 서로 개방되는 형태는 아니었다.

육십 명의 생각이 모두 개방되어 서로의 머릿속에서 떠돈다. 마치 수많은 상인들이 손님을 끌기 위해 한꺼번에 떠들어대는 저잣거리와 똑같았다.

단지 서로의 생각이 개방된 것뿐이라면 특이한 경험일 뿐 문제가 될 수는 없었다.

하지만 점차 모두의 머릿속에 사악한 생각들이 자리하기 시작했다.

'빌어먹을! 이런 상황에서 허풍쟁이 십삼장로가 뭔가 생각을 하면 큰일인데… 시끄러워서 어떻게 하느냐고.'

'그 친구가 마음속으로 허풍을 떨면 그냥 죽여 버릴까?'

'죽이자고? 그거 좋지. 난 검으로 살을 베었을 때 솟구쳐 오르는 핏줄기가 보고 싶단 말이야.'

'날 죽이겠다고? 이 자식들이 정말…….'

극단적인 생각들이 솟아나기 시작했다.

평소에 어쩌다 머리를 스쳐 가는 정도가 아닌 점차 구체화되는 무섭고 사악한 생각들이었다.

일단 누군가의 뇌리에서 솟아난 사악한 생각은 모두에게 전이된 뒤 다시 증폭되기 시작했다.

'저 자식은 왜 날 쳐다보는 거야? 서열도 나보다 낮은 놈이 꼭 건방을 떤단 말이야. 이번 기회에 혼을 내줄까? 아냐, 아예 죽여 버리는 게 낫겠어.'

'그래 죽여! 죽이란 말이야.'

'죽여! 죽여! 죽여!'

일단 폭주하기 시작한 무수한 생각들은 걷잡을 수가 없이 증폭되어 갔다.

모두 사악한 생각이었고 더할 나위 없이 폭력적인 생각들뿐이었다.

북리곤은 문득 정신을 가다듬고 주위를 둘러보았다.

한쪽에 앉아 있던 화서족, 단다는 이미 혼절한 상태였고 장로들 모두 눈이 벌겋게 충혈되어 서로에게 손을 쓰기 직전이었다.

그나마 모두들 공력이 깊어 자제하고 있지만 폭발이 머잖은 상황이었다.

만에 하나 사악한 마음이 이끄는 대로 행동하지 못한다면 마음이 파괴되어 미쳐 버리는 수밖에 없을 것 같았다.

북리곤이 마음속으로 크게 소리쳤다.

…이건 정신의 공격이군요. 모두 마음을 굳건히 하세요!

공력의 고하에 따라 감응되는 강도도 다른 듯했다.

그 수많은 생각들 중에서 북리곤의 생각이 가장 강하게 장로들의 머릿속을 울렸다.

2

북리곤은 황급히 선천무상결을 끌어 올렸다.

머릿속에서 수많은 사람들의 생각이 얽히고설켜 한 가지 생각에 몰두하기란 보통 힘든 일이 아니었다.

하지만 북리곤의 정력(定力) 또한 평범하지 않아 이내 운기에 몰두할 수 있었다.

일단 선천무상결의 구결대로 공력이 일주천되자 그 뒤부터는 머릿속에서 아우성치는 수많은 장로들의 수많은 생각에서 벗어나 자신의 마음을 다스릴 수 있었다.

북리곤이 황급히 운기에 들어간 이유는 혈왕의 연공실에서 처음 선천무상결을 완성시키던 때의 기억 때문이었다.

북리곤은 자신의 마음이 이 세상이 아닌 광활한 곳을 노니는 느낌과 함께 지극히 평온했던 당시의 기억을 잊지 못하고 있었는데 지금의 상황에서 심마에 빠지지 않고 마음을 다스릴 수 있는 유일한 방법이었다.

얼마의 시간이 흘렀을까?

머릿속에 실타래처럼 엉켜 폭주하며 더욱 많은 무수한 사념들을 만들어내던 생각들이 하나둘씩 가라앉기 시작했다.

마치 안개 속에서 희미하게 보이던 무수한 나무들이 점차 하나, 하나의 나무로 또렷해지는 느낌이랄까.

무수한 사념들이 정리되며 북리곤의 마음은 오롯이 아득한 곳에 이르렀다.

무한의 자유와 궁극의 평온…….

북리곤은 한없는 자유스러움과 더할 나위 없는 평온함에 나른히 젖어 억겁을 보낸 것 같기도 하고 한여름날 짧은 선잠에 든 것 같은 느낌이었다가 문득 한곳으로 나아갔다.

그곳에 한 존재가 있었다.

긴 몸체를 어둠에 잠긴 동굴에 감추고 머리를 쳐든 존재였다.

마치 얼굴만 떠올라 있는 듯한 존재의 형태는 힘과 흉악을 대변하는 듯했다.

두 눈이 있는 위쪽의 머리 위로 뼈가 돋아 있어 마치 두 개의 뿔이 솟아나 있는 것처럼 보였는데 목 양옆에 삼각형의 넓은 막이 펼쳐져 있어 더욱더 흉포해 보였다.

바로 흑망룡이었다.

무저갱처럼 깊은 흑망룡의 눈에 담겨 있는 것은 파괴와 살육의 의지 뿐……

북리곤의 마음은 그의 존재를 확인하는 순간 홀연히 돌아 나왔다.

운공에서 깨어난 북리곤은 일시지간 의아해하지 않을 수 없었다.

장로들의 태도가 기이했다.

어떤 장로는 우뚝 서서 허공을 올려다보고 있었고 또 다른 장로는 앉은 채 지면을 내려다보며 고개를 들지 않았다.

모두들 어떤 상념에 잠겨 시간 가는 줄 몰랐다.

북리곤이 이내 고개를 끄덕였다. 장로들은 지금까지 머물러 있던 경지를 벗어나 한 단계 위의 경계를 엿보고 있었던 것이다.

더러는 이미 경계를 넘는 경험을 한 장로도 있는 듯했다.

사고를 공유하는 바람에 생긴 일이었다.

북리곤이 깨달은 경지를 함께 공유한 장로들은 북리곤처럼 아득한 경지까지 이르지는 못했어도 대부분 벽을 넘어 경계를 엿보는 경험을 할 수 있었다.

비록 경계를 넘지 못한 장로들도 깨달음을 얻어 예전보다 한 단계 이상 무공이 급증한 상태였다.

얼마의 시간이 흘렀을까?

상념에서 깨어난 장로들이 북리곤에게 목례를 보내왔다.

그 덕분에 경계를 엿볼 수 있었다는 고마움의 표시였다.

"놈을 보았습니다."

북리곤이 이장로를 찾아 입을 열었다.

이장로는 귀검 유무명과 함께 앉아 있었는데 좀 전에 얻은 심득(心得)에 대해 서로 이야기하던 중이었다.

"누굴 말인가?"

"문주, 흑망룡을 보았다는 겐가?"

"예, 명상 속에서 놈을 보았습니다."

"호오……!"

명상 중에 흑망룡을 보았다는 북리곤의 말을 이장로와 귀검 유무명은 조금도 의심하지 않았다.

북리곤의 담담히 말을 이었다.

"우리의 예상보다 위험하고 강한 놈입니다. 하지만 한 가지는 확실한 건… 그가 이곳 화서족이 믿고 있는 것처럼 신은 아니라는 것입니다."

"문주 덕분에 우리들 대부분 새로운 경지에 들어섰네. 설사 신이라 해도 우리가 힘을 합치면 죽일 수 있을 것이네."

이장로가 자신감 넘치는 미소와 함께 단언했다.

흑망룡이 살고 있는 동굴은 정봉의 중턱, 경사가 완만한 곳에 위치해 있었다.

동굴의 앞쪽은 방원 일백여 장에 달하는 평탄한 지형이었는데 군데군데 집채만 한 암석들이 기이한 형태로 늘어서 있어 어찌 보면 신비한 느낌마저 주었다.

아침이 되어 출발한 북리곤 일행이 동굴 앞에 도착한 것은 이곳 시간으로 정오 무렵이었다.

"우리가 온 걸 알고 있을 텐데 꼼짝도 하지 않는군요."

"혹시 도망친 건 아닐까요?"

장로들은 저 앞쪽에 보이는 동굴을 바라보며 흑망룡과의 결전을 준비했다.

일단 동굴 정면을 향해 열 대의 활틀을 고정시킨 뒤 각 활틀에 화살을 재어놓았다. 이어 십여 명의 장로들이 거대한 그물을 들고 절벽을 우회해 올라가 동굴 위에 이르러 그물을 아래로 펼쳤다.

기실 그물은 흑망룡을 완전히 포박하기 위한 건 아니었다.

흑망룡은 화서족의 말대로 날아다니는 게 아니라 몸을 움츠렸다가 도약하는 형태로 한 번 도약에 삼백여 장을 날아갈 뿐이었다.

그물의 역할은 그 도약을 막는 것이었다.

만에 하나 그물로 흑망룡을 완전히 포박할 수 있다면 다행이지만 흑망룡의 크기와 힘을 가늠해 볼 때 기대하기 어려운 일이었다.

모든 준비가 끝난 뒤 일행은 동굴 입구 십여 장 앞에 한 줄로 늘어섰다.

"자, 놈을 불러 볼까요?"

"입구에 불을 지르는 건 어떨까요? 연기가 들어가면 제 놈이 뛰쳐나오지 않고는 못 배길 테니까요."

"정 안 나오면 그 방법이 좋겠지."

준비가 끝나자 장로들은 놈을 끌어낼 방법에 대해 중구난방으로 떠들어대기 시작했다.

하지만 한가롭기까지 한 장로들의 대화는 이내 끊어지고 말았다. 동굴 안쪽으로부터 무엇인가가 천천히 미끄러져 나오는 걸 감지한 때문이었다.

아직 동굴 밖으로 모습을 드러낸 건 아니었다.

하지만 이미 그 엄청난 기가 동굴 밖에 서 있는 일행 모두를 압도해 왔다.

잠시 후, 동굴 입구로 거대한 흑망룡의 머리가 보였다.

꾸어어어…….

흑망룡은 동굴 밖으로 나서기 전 입을 벌려 소리를 질렀는데 일순 장로들은 몸을 가누기 힘들어 모두들 비틀거리지 않을 수 없었다.

이미 공력을 끌어 올려 단단히 대비하고 있었음에도 불구하고 공기의 파동이 해일처럼 밀려와 동굴 입구에서 정면으로 서 있던 장로들을 덮쳐 왔다.

다음 순간 거대한 흑망룡의 몸체가 동굴을 빠져나왔다.

미끄러지는 듯한 움직임. 하지만 그 속도는 화살이 쏘아지는 속도를 방불케 했다.

동굴 입구에 펼쳐져 있던 거대한 그물이 흑망룡의 몸체를 뒤덮으며 감싸 버렸다.

흑망룡은 뛰쳐나오던 힘 그대로 북리곤 일행을 덮치려고 했는데 갑자기 그물에 갇혀 버리자 몸부림치기 시작했다.

투둑! 투두둑!

단단한 넝쿨로 만든 그물은 흑망룡이 한번 몸부림칠 때마다 찢겨 나가기 시작해 이내 너덜너덜해졌다.

하지만 거대한 그물은 찢겨져 나면서도 계속 조여져 흑망룡으로서는 도약할 수가 없었다.

패애애앵!

십여 대의 활틀에서 장창보다 거대한 화살이 발사된 건 바로 이 순간이었다.

암석이라도 꿰뚫어 버릴 것 같은 강력한 화살들이다. 하지만 그 화살들 대부분은 흑망룡의 비늘을 뚫지 못하고 튕겨지거나 옆으로 미끄러져 몸에 박히지 않았다.

몸을 관통한 화살은 단지 몇 개에 불과했는데 사람으로 따지자면 피륙의 상처에 불과했다.

준비했던 그물과 쇠뇌의 역할은 거기까지였다.

북리곤을 비롯해 모든 장로들이 일제히 병장기를 틀어쥔 채 아직 너덜너덜해진 그물을 덮어쓰고 있는 흑망룡을 향해 덮쳐들었다.

북리곤은 반검 미완에 공력을 주입해 검기를 발현시켰는데 뻗어난 검기가 무려 칠 척에 달했다.

모든 장로들이 이런 식으로 검기를 쏟아내며 덮쳐 오자 흑망룡은 위험을 느낀 듯 몸부림치기 시작했다.

꽈아앙!

꼬리가 거칠게 지면을 휘감자 집채만 한 암석이 그대로 터져 나갔다.

스치기만 해도 살아남을 수 없는 엄청난 위력이었다.

흑망룡이 사납게 몸부림치자 접근하기가 용이하지 않았다. 여차 하다가 흑망룡의 꼬리에 얻어맞거나 거대한 몸통에 깔리기라도 하면 그걸로 끝이었다.

접근하기는커녕 일행은 모두 흑망룡이 몸부림치는 범위 밖으로 피하기에 급급했다.

하지만 북리곤은 달랐다.

그는 이십사능보를 펼치며 몸부림치는 흑망룡의 몸체를 교묘히 피해 반검 미완을 휘둘렀다.

단단한 비늘로 뒤덮여 있는 흑망룡의 몸체가 반검 미완이 스쳐 가는 순간 두부처럼 베어져 버렸다.

북리곤이 흑망룡이 거칠게 몸부림치는 범위 안에서도 태연히 움직일 수 있는 건 비단 이십사능보의 신묘함 때문만은 아니었다.

흑망룡이 몸부림치면서 뻗어 나올 역도(力道)를 한발 앞서 느낄 수 있다고 할까.

어느 쪽으로 어떤 강도로 꼬리가 날아오고, 몸체가 어떤 식으로 움직일지 이미 느낄 수 있으니 흑망룡이 제아무리 거칠게 날뛰어도 북리곤의 옷깃 하나 다치게 하지 못했다.

흑망룡의 몸통이 워낙 굵어 양단시킬 수는 없었다.

하지만 반검 미완에 의해 이리저리 베어지며 무수한 상처를 입게 되자 흑망룡으로서도 더 이상 견딜 수 없는 듯했다.

"놈이 도망치려 합니다."

"놓치면 안 됩니다! 지금 놓치면 화서족 말대로 화만 북돋운 결과밖에 안됩니다."

과연 흑망룡은 몸을 움츠렸다가 도약해 이미 저 앞쪽의 봉우리를 향해 허공을 날아가고 있었다.

꽈아아!

이때 좌측 허공에서 한줄기 흰빛이 곧바로 뻗어와 흑망룡을 덮쳐 갔다.

거대하기 이를 데 없는 몸체, 눈처럼 흰 몸체를 지닌 백망룡이었다.

백망룡은 부상을 입고 도망치는 흑망룡의 몸체를 휘감고 머리를 덥석 문 채 함께 계곡으로 떨어져 내렸다.

이 광경에 일행 모두 놀라지 않을 수 없었다. 느닷없이 백망룡이 나타나 도망치는 흑망룡을 공격한 것이다.

슈슈슈슉!

북리곤을 비롯한 일행이 일제히 백망룡과 흑망룡이 뒤엉켜 떨어져 내린 계곡 아래로 몸을 날렸다.

계곡의 경사면은 완전히 쑥대밭이 되어 있었다.

백망룡과 흑망룡이 서로 뒤엉켜 경사면을 굴러떨어진 때문이었다.

북리곤 일행이 계곡의 바닥에 내려서니 흑망룡은 머리가 부서진 채 죽어 있고 그 앞에 백망룡의 머리를 쳐든 오연한 자세로 북리곤 일행을 기다리고 있었다.

십 장 거리를 두고 마주한 백망룡의 존재는 실로 압도적이었다.

백망룡은 거대한 머리를 이리저리 움직이다가 북리곤을 향해 멈춰 세웠다.

쓰으으…….

다음 순간, 백망룡의 거대한 머리가 미끄러지듯 북리곤을 향해 다가들었다.

이장로를 비롯한 모든 장로들이 깜짝 놀라 덮쳐들려다 북리곤이 왼손을 들어 제지하자 멈추지 않을 수 없었다.

북리곤은 백망룡과 눈을 마주친 채 움직이지 않았다.

백망룡의 거대한 머리는 북리곤의 얼굴에서 불과 다섯 자 정도의 거리에 멈춰져 있었다.

입을 벌려 덮치면 북리곤의 몸은 그대로 백망룡의 입안으로 빨려 들어갈 듯한 상황이었다.

백망룡의 눈빛은 흑망룡과는 달랐다.

흑망룡의 눈빛이 파괴와 살육의 의지로 불타고 있었다면 백망룡의 눈빛은 모든 것을 포용할 듯 온유했으며 또 이 세상의 모든 비밀을 알고 있는 것 같은 유현한 눈빛이었다.

백망룡은 적지 않은 시간을 북리곤과 눈을 마주친 채 멈춰서 있다가 머리를 돌렸다.

꽈아앙!

다음 순간, 그 거대한 몸체가 한 번의 도약으로 허공으로 솟아올라 계곡 저 너머로 사라져 갔다.

이장로가 북리곤에게 다가들었다.

"무슨 이야기를 나눴는가?"

북리곤이 불현 듯 머리를 북북 긁었다.

"글쎄요. 대화를 나눈 것 같기는 한데… 무슨 이야기를 했는지는 확실치가 않습니다."

"무어야?"

"에… 그러니까… 자신의 종족을 죽일 수 있는 건 자신들뿐이라 우리가 그를 죽이게 내버려 둘 수 없다고 한 것 같기도 하고……."

"으음… 자존심이 강한 종족이라는 건가?"

"아무튼 한 가지… 앞으로는 화서족을 제물로 받지 말라고 마음속으로 말하자 알아들은 것 같았습니다."

"다행이군."

이장로를 비롯한 모든 장로들의 얼굴에 안도의 미소가 떠올랐다.

第十一章

적벽신위보(赤壁神威步)

흑망룡을 처치하고 백망룡으로부터 앞으로는 제물을 받지 않겠다는 약속을 받아냈다는 소식을 듣고 화서족이 환호한 것은 너무도 당연한 일이었다.

화서족의 대우는 그야말로 극진했다.

신을 죽일 수 있는 건 신뿐이다.

화서족은 자신들이 신처럼 여기고 있는 흑망룡을 처치한 북리곤 일행을 또 다른 신(神)으로 여기고 있는 게 분명했다.

거주지로 돌아온 다음 날 일행은 중원으로 돌아갈 준비를 했다.

놀랍게도 이계로 먼저 들어섰던 귀검 유무명 일행 중 세 명이 돌아가지 않겠다고 했다.

이곳에서 여생을 보내겠다는 것이 그 이유였다.

남기로 자청한 사람은 통역을 담당하며 화서족들과 가장 친하게 지냈던 장로와 허풍이 세기로 유명한 십삼장로 등이었다.

월단퇴의 장로들은 모두 백에 가까운 나이들이다. 곧 여명(餘命)이 많이 남았다고는 할 수 없는 노인들인 것이다.

세 명의 장로가 여생을 보낼 장소로 이계를 택한 일은 나머지 사람들로 하여금 많은 생각을 하게 만들었다.

중원으로 돌아오자 의외의 일이 북리곤을 기다리고 있었다.

북리곤을 만나기 위해 직접 기련산까지 찾아왔던 신산 제갈희상이 이계로 들어간 북리곤을 기다린 지 벌써 열흘이 넘었다는 것이다.

이계의 문을 벗어나기 무섭게 총사 포숙도로부터 보고를 받은 북리곤은 크게 놀라지 않을 수 없었다.

신산 제갈희상은 정파의 최대 문파인 제성의 군사로서 절대로 한가한 신분이 아니다.

그런 그녀가 북리곤을 만나러 기련산까지 직접 찾아온 일도 의외지만 그의 신변을 걱정하면서 열흘 이상 기다리고 있었다는 건 확실히 평범한 일은 아니었다.

"신산이 별안간 너무 심심해서 기련산으로 놀러왔을 리는 없고……. 도대체 또 무슨 급한 일이 생긴 걸까요?"

동굴을 빠져나오며 북리곤이 고개를 젓자 귀검 유무명이 의미심장한 미소를 머금은 채 슬그머니 북리곤 옆으로 다가왔다.

"아무리 바쁜 사람일지라도 스스로 마음만 먹으면 얼마든지 시간을 낼 수 있는 법이라고 했네."

"그거야 그렇지만……."

"또 이런 이야기도 있네."

귀검 유무명이 바싹 붙어서 따라오며 짐짓 정색했다.

"아무리 무섭고 엄한 부친과 오라버니가 있는 규중의 처자라도 좋아하는 남자가 생기면 그 높은 담장을 가볍게 뛰어넘는다고."

"무슨 말을 하고 싶으신 겁니까?"

북리곤이 귀검 유무명과 눈을 마주친 채 의아해했다.

"쯧쯧쯧……! 문주는 좀 아둔한 데가 있단 말이야."

"제가요?"

"여자의 마음을 몰라주니 아둔하다고 한 걸세."

"여자의 마음이라니? 설마 신산이 날 좋아해서 일을 핑계로 기련산까지 직접 찾아왔다는 말씀이십니까?"

북리곤이 깜짝 놀라 귀검 유무명의 눈을 뚫어져라 바라보았다.

"전에 내가 그 아이를 구한 일이 있었지 않은가. 그때도 신산은 자신의 신분에 맞지 않는 행동을 했네. 그 엄청난 신분을 지닌 아이가 달랑 두 명의 호위만을 데리고 제성을 떠난 건 자네를 만나기 위해 마음이 급했기 때문이었네."

귀검 유무명이 문득 아련한 추억을 회상하는 듯 그윽한 표정이 되어 말을 이었다.

"그게 그런 거네. 사랑이라는 건… 없던 용기도 만들어주고, 없던 힘도 만들어주지만 때로는 눈을 멀게 해서 합리적인 행동을 못 하게 방해하기도 한다네."

"으음……!"

귀검 유무명의 눈빛이 너무도 아련해 북리곤은 일시지간 무어라 대꾸할 수가 없었다.

마치 가슴 아픈 사연이라도 있는 남자의 눈빛…….

이루지 못한 사랑에 대한 절실한 그리움이 배어 있는 눈빛이었다.

"사랑하는 사람의 눈빛은… 그냥 알게 되어 있네. 난 그때 신산이 자네를 대하는 눈빛을 보고 이미 알고 있었네."

"하아……! 정말 그런 건가요?"

북리곤이 공연히 가슴이 답답해지는 기분이 들어 자신도 모르게 한숨을 내쉬었다.

그러다가 돌연 그의 표정이 기이하게 바뀌었다.

"저어… 삼장로님!"

"뭐 할 말 있는가? 남녀 간의 감정에 대해 묻는 거라면 이따가 으슥해졌을 때 술 한잔 곁들이며 물어보게."

"저어… 그러니까 젊었을 때 혹시 여자를 만난 적 있으십니까?"

"아니! 단 한 번도 여자와 사귄 적은 없었네. 젊었을 때의 나는 그저 무공에만 미친 데다 월단퇴에 처박혀 있느라 만날 기회조차 없었네."

"그러니까… 가정을 이룬 것도 아니고… 한여름날 지나가는 소나기 같은 사랑조차 해보지 못한 분이 그렇게 아련한 표정이 되어 남녀의 사랑에 대해 이야기하신 겁니까?"

북리곤이 얼굴을 바싹 들이대고 대들 듯 따지자 귀검 유무명이 헛기침을 터뜨렸다.

"누구였더라……? 어떤 선배가 그 이야기를 해줄 때의 눈빛이 정말이지 멋있었는데……."

"끄응……!"

동굴을 빠져나와 천막으로 만든 임시 거처로 가자 과연 신산 제갈희상이 기다리고 있었다.

이미 북리곤 일행이 돌아온다는 전갈을 받은 듯 천막 앞에서 기다리고 있던 제갈희상은 일행의 선두에 서 있는 북리곤을 발견하고 환하게 웃었다.

그녀의 눈빛은 기쁨에 가득 차 별빛이 반짝이는 것 같았다.

"또 뵙게 되었네요."

"그렇구려."

다른 사람들을 의식해서인지 태도는 오히려 의연하기만 하다.

제성을 대표하는 신분으로 월단퇴의 문주를 대하는 사뭇 정중한 태도였다. 하지만 북리곤을 바라보는 눈길은 은근했으며 따듯했다.

귀검 유무명의 남녀 간의 감정에 대한 교육(?)을 받은 때문이었을까.

북리곤은 제갈희상을 보며 어쩐지 가슴이 뛰는 기분이었다.

"이곳 일이 마무리되자마자 또다시 청부를 맡기겠다는 거야?"

"이번 청부는 월단퇴가 아니라 가가 혼자 해내야 해요."

북리곤이 거처로 쓰던 천막 안에서 단둘이 마주 앉게 되자 신산 제갈희상이 입을 열었는데 또다시 청부에 관한 이야기였다.

"그래, 내가 해줘야 할 일이라는 게 어떤 거지?"

북리곤은 심드렁한 표정으로 질문을 던졌다.

아직 전에 청부한 일도 완수하지 못한 상태이다. 그 상태에서 새로운 청부를 맡기는 게 좀 이상하게 느껴진 때문이었다.

"이번 청부는 먼저 청부와 연결되어 있어요. 그러니까… 백무상과 천하방의 방주 자리를 놓고 비무를 벌이기 전에 먼저 시선을 끌겠다는 계획이니까요."

"시선을 끈다?"

"맞아요. 가가께서는 천하의 이목을 집중시켜야 해요."

"내가 뭐 대단한 존재라고 천하의 이목이 어쩌니 하는 거야? 사람 쑥스러워지게."

북리곤이 머쓱해 하자 제갈희상이 눈을 반짝였다.

"바로 그거예요. 막상 백무상과 천하방의 방주 자리를 놓고 비무할 사람치고는 너무 알려져 있지 않아요. 그래서 이번에 가가를 유명하게 만들어줄 계획을 세운 거예요."

기실 백무상은 북천조 조광의 제자로서 사부를 몰아내고 스스로의 힘으로 천하방의 방주가 된 인물이다.

그에 반해 북리곤은 무림에 거의 알려져 있지 않은 상태였다.

이화단철장의 소장주라는 신분은 무림에 내세울 수도 없고 월단퇴의 문주라는 신분도 별반 다를 바 없었다.

당대에 이르러 월단퇴의 전력은 사도십방 중의 한 방파와 버금가지만 그 사실을 알고 있는 사람은 제갈희상을 비롯한 몇 명뿐이었다.

북리곤이 오성마루의 새로운 루주였다는 사실도 내세울 수가 없었다. 이미 다른 사람에게 문주 자리를 넘겨준 데다 오성마루는 어디까지나 마도의 세력인 것이다.

"이미 이름도 정해놓았어요. 적벽신위보(赤壁神威步)라고."

"적벽신위보?"

북리곤이 고개를 끄덕이자 제갈희상이 말을 이었다.

"그러니까 가가는 백무상과의 비무를 위해 적벽에서 출발해 호남 형산(荊山)에 있는 천하방으로 가는 거예요."

"그냥 가는 거야?"

"예, 그냥 천천히 걸어서 천하방까지 가는 거예요."

"뭐… 어려운 일은 아니군. 그냥 걸어가라는 이야기잖아?"

"쉽지도 않은 일이에요. 가가를 공격하는 사람들이 줄을 이을 테니까요."

"백무상과 비무를 하기 위해 가는 나를 공격하는 사람들이 있을 거라고? 백무상이 보낸 사람들일까?"

"처음에 가가를 공격하는 사람들은 내가 보낸 사람들이에요. 그 일을 위해 이미 살수 단체 몇 군데를 동원했어요."

"엉?"

북리곤이 멍청히 제갈희상을 바라보았다.

제갈희상이 웃으며 태연히 말을 이었다.

"가가가 적벽에서 출발하기 전에 천하에 한 가지 소문이 날 거예요. 백무상과의 비무를 위해 가가께서 출발했다고. 물론 그 소문도 내가 낼 거예요."

"그러니까 백무상과 비무를 위해 가는 날 공격하게 되면 결국 사람들은 그게 백무상이 시킨 것으로 믿겠군."

"바로 그거예요. 백무상의 위신을 깎아내리는 효과도 있겠지요."

"그러다가 어차피 그런 말을 들었으니 진짜 자신의 수하들을 보내 날 죽이려 하겠군."

"그거예요. 내가 쉽지 않은 일이라고 말한 이유가."

"끄응!"

이제야 북리곤은 새로운 청부가 전의 청부와 연결되어 있는 청부이자 무척이나 위험한 청부라는 걸 실감할 수 있었다.

"한데… 군이 이런 식으로 천하의 이목을 집중시켜야 하는 진짜 이유는 뭐지?"

"천하인의 이목이 가가께 집중되어 있을 때… 우린 장성을 넘을 거예요.”

“우리라면?”

“제성의 고수 일천 명과 중원의 모든 문파에서 선발된 삼천 명의 무인들이 대원의 잔재 세력이 웅크리고 있는 장성 이북으로 갈 거예요. 아무리 은밀하게 행동한다고 해도 많은 숫자가 이동해야 하니 그걸 감추기 위해서 무언가 천하인들의 관심을 끌 사건이 있어야 했어요.”

“아아……!”

“이번 기련산의 함정도 그렇고… 백무상이 아무 이득도 없이 정사대회전을 벌이는 이유도 모두 대원의 잔재 세력들과 연관이 있었어요. 이제야 그걸 알아낸 거예요.”

“그랬군.”

“그들은 대원을 재건시키기 위해 먼저 중원무림을 장악하려는 음모를 꾸며 왔어요. 이미 오래전부터.”

제갈희상은 진지하기 이를 데 없었다.

얼굴이 상기된 채 열정적으로 설명을 하는 제갈희상을 북리곤이 빤히 바라보았다.

“왜 갑자기 그런 눈으로 보는 건가요?”

“정말이지 이제야 신산으로 불리는 이유를 알 것 같군. 부군이 누가 될지는 몰라도 만약 부부싸움이라도 했다가는 그 사람… 큰일 날 거야.”

“뭐예요?”

“이런 식으로 신기지략을 발휘해 옭아맨 뒤 바가지를 긁는다면 어떤 남자가 견뎌낼 수 있겠어.”

“지가 기면서…….”

북리곤이 손사래를 치며 혀를 내두르자 제갈희상이 배시시 웃으며 혼자 중얼거렸다.

"뭐라고?"

북리곤은 제갈희상이 워낙 작게 중얼거려 자신이 잘못 들은 게 아닌가 의아해하는 눈으로 그녀를 바라보았다.

돌연 제갈희상이 오른손으로 머리에 꽂혀 있는 봉우잠을 슬쩍 만지며 북리곤을 바라보았다.

"정말 내 부군이 될 그 사람이 누군지 모른다는 거예요?"

"응? 정혼한 남자가 있었어?"

"휴우……! 당신은 정말 당신이 바로 그 사람이라는 걸 모르고 있었나 보군요."

"그 불쌍한 사람이 바로 나란 말이야?"

북리곤이 입을 딱 벌렸다.

"호호호호!"

제갈희상이 웃기 시작해 나중에는 배를 부여잡고 허리를 숙인 채 한참을 웃었다.

2

바람 한 점 없는 허공에 돌연 흰 점이 찍히기 시작했다.

눈[雪].

첫눈이었다.

눈은 이내 허공을 뒤덮기 시작해 대륙을 온통 순백으로 물들이기 시작하는데…….

정확히 원단(元旦)을 열흘 앞두고 내리는 눈처럼 순식간에 천하를 뒤덮는 소문 하나가 있었다.

—북천조 조광의 후계자 북리곤이 천하방의 패권을 다투기 위해 천하방으로 가고 있다.

첫눈과 함께 천하를 강타하고 있는 한 가지 소문, 그것은 바로 천하방의 방주 자리를 놓고 현 방주인 백무상과의 이미 예정되어 있는 비무를 위해 북리곤이 천하방으로 걸음을 내딛고 있다는 것이었다.

*　　　*　　　*

양자강 연안에는 적벽(赤壁)이라는 지명이 모두 네 곳이 있는 바 둔구(沌口)의 임장산(臨璋山)에 있는 오림(烏林) 또한 적벽으로 불린다.

호남 형산(荊山)에 있는 천하방을 향한 북리곤의 첫걸음이 이 임장산 오림에서 시작되어 사람들은 어느새 그 걸음을 적벽신위보(赤壁神威步)라 칭했는데…….

처벅……!

처벅!

발걸음은 느리지도 빠르지도 않았다. 보폭 또한 기계로 잰 듯 일정했는데 놀랍게도 눈이 수북이 쌓여 있는 지면을 밟으면서도 희미한 흔적만을 남기고 있을 뿐이었다.

언제부터인가 임장산을 관통하고 있는 관도를 따라 남하하고 있는 한 사내가 있었는데 그 기태가 실로 범상치 않았다.

평범한 흑의와 대조되어 더욱 빛을 발하는 흰 피부와 또렷한 이목구비, 짙은 눈썹과 고집스러운 성격을 드러내 보이는 굳게 닫힌 입.

바로 북리곤이었다.

북리곤의 행색은 다소 특이했다. 커다란 상자 하나가 올려져 있는 나무 지게를 메고 있기 때문이었다.

북리곤은 걸음을 옮기면서도 쉬지 않고 조각을 하고 있었는데 바로 기다란 혈옥 덩어리를 한 자루 검으로 만드는 작업이었다.

걸음을 옮기며 조각을 하는 건 결코 쉬운 일이 아니다.

발걸음에 따라 손이 흔들리기 때문이었다.

미세한 부위를 조각할 때는 심지어 호흡에도 손이 흔들릴 것을 염려해 숨조차 참으며 조각하는 장인들이 있다고 했다.

하니 걸으면서 조각하는 것은 진정 뛰어난 조예를 지니고 있다고 해도 결코 쉬운 일이 아닌 것이다.

문득 북리곤의 눈 깊은 곳에서 이채가 번득였다.

순간 혈옥을 깎아내고 있던 반검 미완을 허리춤으로 갈무리한 그의 오른손이 수평으로 내밀어졌다.

파아앗!

삼 장 전면의 눈 덮인 지면이 솟구치며 돌연 하나의 흑영이 검신일체의 자세로 쏘아져 왔다.

두 손으로 검을 부여잡고 수평으로 내민 채 쏘아져 오는 그의 기세는 실로 가공스러웠다. 검이 이르기도 전에 그야말로 일 장 두께의 철판이라도 관통할 듯한 엄청난 검기(劍氣)가 바늘처럼 한 점에 집약된 채 덮쳐 온 것이었다.

북리곤은 여전히 걸음을 멈추지 않았다.

오른손 역시 단순히 허공에 내밀고 있어 마치 손바닥으로 상대의 검세를 막으려는 자세 같았다.

빠지직!

엄청난 검기가 북리곤의 손에 이르자 공기가 찢어지는 듯한 파공음이 터져 나왔다.

놀랍게도 뒤이어 밀려온 검극 역시 끝에서부터 철판에 부딪친 얼음칼처럼 산산조각이 되어 좌우로 흩어지기 시작했다.

두 손으로 쥐고 있던 검의 손잡이까지 연이어 터져 나가는 엄청난 광경에 흑영의 눈에 경악의 빛이 떠올랐다.

턱!

북리곤의 손이 그의 목을 움켜쥔 것은 바로 이 순간이었다.

일순 흑영과 북리곤의 눈이 허공에서 엉켰다.

북리곤의 눈은 너무도 맑고 고요해 깊이를 알 수 없는 심연이 되어 모든 것을 집어삼키는 것 같았다.

휘익!

잠시 흑영의 얼굴을 똑바로 직시하던 북리곤이 돌연 흑영을 좌측으로 던졌다.

뻐억!

몸을 숨기고 있던 지면 속에서 막 솟구쳐 오르던 또 다른 흑영의 몸이 던져진 흑영의 몸에 짓이겨져 버렸다.

처벅!

처… 벅!

그동안 북리곤의 걸음은 단 한 번도 멈춰지지 않았다.

북리곤은 이 적벽신위보를 행하면서 한 가지 원칙을 정한 바 있었다.

도전해 오는 자는 모두 죽인다.

정파와 달리 사파는 명분과 대의에 움직이는 게 아니라 이득에 의해 움직인다. 이익을 위해서라면 어제의 혈맹 관계도 하루아침에 뒤집어지는 게 바로 사파의 생리인 것이다.

이런 사파를 통솔하기 위해서는 황금 이외에도 또 한 가지 필요한 게 있었다.

바로 공포였다.

넘을 수 없는 벽이라는 인식을 주지 않으면 언제 약육강식의 원칙에 따라 먹힐지 모르는 것.

강자에게는 철저히 굴복하는 게 또한 사파의 생리이니만치 북리곤으로서는 일부러라도 강하고 냉혹하다는 인식을 심어줄 필요가 있었다.

혈옥으로 검을 만드는 작업을 다시 시작한 지 삼 일째가 되자 혈옥은 어느 정도 검의 형태를 갖춰가기 시작했다.

벌써 세 번째의 시도였다.

첫 번째는 엄두가 나지 않아 못 했고 두 번째는 기이하게도 혈옥 자체가 거부하는 느낌이 들어 포기했다.

하지만 세 번째 시도부터는 북리곤은 혈옥이 오히려 재촉하는 느낌을 받았다.

불필요한 허울들을 벗겨달라고 요구하는 느낌이랄까.

혈옥검은 전체적으로 마름모꼴인 능형(菱形)이었는데 일반적인 검보다는 능형의 형태가 직사각형에 가까웠다.

손잡이에는 세군데 양각(陽刻)으로 매듭을 만들어 손에서 미끄러지는 걸 방지하며 쥐는 감각을 극대화시켰다.

아직 검신을 다듬기 전이었는데 그 작업을 하며 북리곤은 검신에 비상하는 용(龍)의 형태를 양각할 예정이었다.

음각(陰刻)이 아닌 양각이다.

용의 형태를 검신에 두드러지게 만드는 것은 실로 지난한 작업이 아닐 수 없다.

그 작업을 북리곤은 쉬지 않고 걸음을 옮기며 해내고 있었던 것이다.

휘이이잉……!

어느새 눈은 거친 바람을 동반한 채 폭설이 되어 하늘과 땅을 집어삼키고 있었다.

언제부터인가……?

그야말로 두어 걸음 앞도 보이지 않는 그 폭설 속에 한 노인이 우뚝 서 있었다.

머리와 어깨는 물론이고 심지어 눈썹 위에도 눈이 쌓여 있는 것으로 보아 노인은 오래전부터 한 자리에 붙박여 있었던 게 분명했다.

문득 감겨 있던 그의 눈이 번쩍 뜨였다.

순간 뇌전을 방불케 하는 신광이 눈보라를 뚫고 뻗어 나갔다.

그 눈길이 닿는 저쪽에 한 사내가 기계적인 걸음걸이로 다가오고 있었다. 바로 북리곤이었다.

북리곤은 이미 눈보라 속의 관도 중앙에 우뚝 서 있는 노인의 존재를 잘 알고 있었다. 하지만 그의 걸음은 멈춰지지 않았다.

"천하방 제칠장로 지옥검주(地獄劍主) 교온(嶠瑥), 인사드리오."

거리가 십 장으로 좁혀졌을 때 노인, 지옥검주 교온이 허리를 숙여 보였다. 사뭇 정중한 태도였다.

그에 반해 북리곤은 냉랭할 뿐만 아니라 오만하기까지 했다.

지옥검주 교온이 이채를 머금으며 단호한 음성으로 내뱉었다.

"방주를 모시고 있는 입장에서 방주의 번거로움을 막기 위해 나왔소."

지옥검주 교온이 예를 갖췄을 때 둘 사이의 거리는 이미 오 장에 불과했다.

북리곤은 여전히 걸음을 내딛으며 문득 입을 열었다.

"준비됐소?"

"……?"

지옥검주 교온은 당혹스러운 느낌이었다.

준비는 이미 오래전에 끝난 상태였다. 그가 보기에 싸울 준비가 아직 안 된 사람은 북리곤 이었다.

북리곤이 질문을 던진 순간 둘 사이의 거리는 이미 삼 장, 그야말로 지척이랄 수 있는 거리까지 가까워졌다.

지옥검주 교온은 북리곤이 시야에 들어왔을 때부터 이미 공력을 온몸에 퍼뜨려 단단히 대비를 하고 있었다. 당장에라도 검기를 폭사해 상대의 목숨을 빼앗을 만반의 준비가 끝난 상태였다.

한데, 바로 그 순간 북리곤의 몸이 화악 가까워졌다.

무어라 형용하기 어려운 속도, 지옥검주 교온은 자신이 싸울 준비를 단단히 하고 있다고 생각하고 있었지만 사실은 아무런 준비가 안 된 것이나 진배없었다.

어느새 묵룡갑을 착용한 북리곤의 손이 눈앞에서 일렁였다.

'이, 이렇게 빠를 수가!'

죽음의 신이 눈앞에서 춤을 추는 것 같은 느낌을 받은 것은 환각이었을까?

퍼억!

북리곤의 손이 심장을 관통하는 동안 지옥검주 교온은 검을 쥐고 있던 손이 미미하게 움찔한 게 전부였다. 그나마 반사적인 움직일 뿐이었다.

지옥검주 교온의 몸이 통나무처럼 무너져 내리고 있는 순간 북리곤은 이미 그의 몸을 스쳐 지나고 있었다. 여전히 일정한 보폭에 느리지도 않고 빠르지도 않은 걸음걸이였다.

* * *

"그가 이곳으로 오고 있다고 했느냐?"

"예, 호남의 경계를 넘어선 게 삼 일 전이니 닷새 뒤에는 본방에 입성할 것입니다."

"호오… 조용히 찾아와 비무를 요청할 수도 있었는데 공공연히 천하에 공표를 하고 천천히 걸어온다?"

"이른바 적벽신위보라 하더군요. 그는 처음 열흘 동안 모두 일곱 번을 공격받았지만 건재했습니다."

"일곱 번?"

"처음의 두 번은 속하가 보낸 자들이 아니었습니다만 그 뒤 세 번은 속하가 보냈습니다. 그리고 또 두 번은 공명심에 들뜬 자들이 부나방처럼 덤벼든 것이지요."

"열흘 동안 일곱 번이라… 그 뒤에는?"

"더 이상 공격할 수가 없었습니다. 그는 이제 혼자가 아닙니다."

"누가 그와 함께한다는 건가?"

"방주님께서 실권을 잡은 뒤 방을 떠났던 전대 방주님의 심복들이 한두 명씩 그의 뒤를 따르기 시작했고 사도십방에서 그를 지지하는 인물들이 당당히 나서 지금은 일천 명이 넘는 인파가 되었습니다."

"그래? 그건 그렇고… 저기 화원의 잡초들 보이느냐?"

"죄송합니다. 당장 뽑도록 하겠습니다."

"그게 아니라 저 잡초들은 애써 기르지 않아도 저절로 잘 크는데 정성들여 키우는 화초들은 왜 툭 하면 죽는 걸까? 난 아까부터 그걸 생각하고 있었어."

*　　*　　*

호남의 계상산지(桂湘山地)는 운귀고원 북동에 가로놓인 산지로서 서쪽은 원강(沅江), 동쪽은 상강(湘江)의 골짜기로 격해 있었다.

지세가 황량해 사시사철 인적을 찾아보기 힘든 곳.

이 계상산지에 진풍경이 벌어지기 시작한 것은 원단을 삼 일 남겨두었을 때였다.

석양 무렵, 계상산지의 북단에 돌연 한 사내가 나타났다.

땅 밑에서 솟아난 듯 불쑥 모습을 드러내 계상산지를 남하하기 시작한 사내는 석양에 잠겨 황금빛으로 물들어 있었다.

그 때문인지 사내는 유난히도 신비롭고 또한 고독해 보였다.
그는 기계적으로 걷고 있었는데 일견해 느린 것 같으면서도 무척이나 빠른 걸음걸이였다.
진풍경은 사내가 나타난 뒤에 벌어지기 시작했다.
사내의 오십여 장 뒤쪽, 실로 엄청난 인파가 사내를 뒤쫓고 있었다.
대략 훑어보아도 이천여 명은 넘을 것 같은 인파, 그야말로 구름 같은 인파가 아닐 수 없었다.
마치 번잡한 대읍을 계상산지에 옮겨 놓은 듯한 광경이라고나 할까.
그들의 행색은 실로 다양했다.
북천조 조광의 진정한 심복들이 적벽신위보에 합류한 것은 이미 칠주야 전.
여기에다가 사도십방의 무인 중 북리곤을 지지하는 사람들이 생겨나 함께 움직이기 시작했고 비무를 구경하기 위해 온 구경꾼들과 그 사람들에게 음식과 술을 팔기 위해 몰려든 상인들까지 실로 엄청난 수효의 사람들이 한데 어우러져 그야말로 인산인해를 이루고 있었던 것이다.
북리곤을 뒤쫓는 행렬에는 일종의 규칙이 있는 것 같았다.
그들은 북리곤과 오십 장 정도의 거리를 둔 채 뒤쫓고 있었는데 모두 북리곤의 걸음걸이에 보조를 맞추어 그 거리가 좁혀지는 일이 없었다.
산지의 석양은 이내 어둠에 자리를 내준다.
어두워지자 북리곤은 노숙할 자리를 찾기 위해 잠시 주위를 두리번거렸다.
이때, 삼십 장 좌측의 울창한 숲 안쪽에서 갑자기 등이 환하게 밝혀졌다.

북리곤의 눈에 이채가 스쳤다.

자세히 보니 숲 안쪽에 하나의 천막이 서 있었는데 등불은 그곳에서부터 흘러나오고 있었다.

第十二章

장왕(匠王) 곤(鯤)

장왕(匠王) 곤(鯤) 1

천막 앞에 한 여인이 우뚝 선 채 손을 흔들고 있었다. 바로 소진령이었다.

"여기예요, 여기!"

어둠 저쪽에 등이 밝혀져 있고 그 앞에 여인이 서서 기다리고 있다.

북리곤은 불현듯 고달픈 하루를 보내고 부인이 기다리고 있는 따듯한 집으로 돌아오는 가장(家長)의 기분에 빠져들었다.

과연 천막 안은 아늑할 뿐만 아니라 하루의 피곤을 씻어줄 음식과 술이 마련되어 있었다. 천막 안에는 식탁과 의자, 그리고 침상마저 준비되어 있었다. 맛있는 음식과 편안한 잠자리로 원기를 회복하라는 사랑이 듬뿍 담긴 배려였다.

음식은 정갈했고 맛도 일품이었다.

"정말이지 그동안 고생 많으셨어요."

북리곤이 정말 맛있게 음식을 먹고 있을 때 신산 제갈희상이 천막 뒤쪽을 젖히고 안으로 들어섰다.

"내 뒤를 따라오는 저 많은 사람들도 모두 상매가 꾸민 짓이겠지?"

제갈희상은 생글거리며 맞은편에 앉아 입을 떼었다.

"당연한 수순이었어요. 이 정도는 떠들썩해야 백무상은 물론이고 사도십방에서도 이 비무를 인정할 수밖에 없을 테니까요."

소진령은 제갈희상과 북리곤의 대화에는 관심이 없는 눈치였다.

그녀는 다소곳이 앉아 북리곤이 음식을 맛있게 먹는 모습만 쳐다보고 있었는데 그 태도가 온화한 가운데 미미한 열기마저 엿보였다.

북리곤은 어쩐지 달라진 것 같은 그녀의 분위기에 어리둥절해하지 않을 수 없었다. 그러다 문득 한쪽의 침상에 눈이 갔다.

'설마… 신방(新房)이라는 건가?'

소진령과 제갈희상은 북리곤의 맞은편에 사이좋게 나란히 앉아 있었다. 마치 두 명의 부인이 부군을 섬기는 듯한 상황이었다.

"내일 싸움에서 이길 자신은 있는 거지요?"

문득 소진령이 질문을 던졌다. 전장에 나서는 부군을 염려하는 진정이 담긴 눈빛이었다.

"아마도……."

북리곤이 짧게 대답했다. 어찌 보면 그는 내일의 싸움 같은 건 염두에도 없는 사람 같았다. 긴장을 안 하는 정도가 아니라 아예 까맣게 잊은 사람의 태도였다.

상을 물린 뒤 북리곤이 다시 혈옥을 꺼냈다.

"잠시만 기다려주시겠소? 마무리만 남아서……."

북리곤이 꺼낸 혈옥검은 거의 완성 단계였다.

꼬리는 검극에 이어져 있다. 능형의 몸체를 휘감은 채 양각되어 있는 용은 마치 살아 있는 듯 너무도 생생했다. 용은 손잡이 바로 앞에서 고개를 쳐들고 있었는데 교묘하게도 손등을 보호하며 포효하는 형태였다. 당장에라도 검신에서 뛰쳐나올 듯한 생명력을 지니고 있는 용의 조각에 소진령과 제갈희상의 눈이 커졌다.

북리곤은 반검 미완으로 몇 번 몸체를 손질한 후 혈옥검을 두 여인 앞으로 내밀었다.

"이제야 완성되었구려."

소진령과 제갈희상은 두 손을 내밀어 함께 혈옥검을 받아들며 자신도 모르게 전율했다.

우선 아름다웠다. 혈옥의 은은한 붉은빛이 사방에 가득 차 마치 붉은 노을 속에 잠긴 것 같은 신비한 느낌이다. 검신은 유리처럼 매끄럽고 투명해 보였는데 수많은 손질을 거쳐 다듬어진 게 아니라 처음부터 그렇게 존재하던 것이 이제야 옷을 벗은 느낌이었다.

착각이었을까? 검신을 휘감고 있던 용이 이리저리 머리를 움직여 소진령과 제갈희상을 쳐다보다가 북리곤과 눈을 맞춘 후에야 움직임을 멈췄다.

"세상에……! 난 조금 전에 용이 움직이는 걸 봤어요. 언니도 봤나요?"

제갈희상이 기절할 듯 놀라 소진령을 바라보았다.

소진령이 얼빠진 눈빛으로 고개를 끄덕였다.

"나도 보았어. 나 혼자만의 착각인 줄 알았는데 동생도 보았다는 거야?"

하지만 소진령과 제갈희상이 다시 혈옥검을 내려다보자 용은 그저 조각상에 불과할 뿐이었다.

"너무 아름다워요. 이건… 완벽한 명품이에요."

"장왕이 되겠다고 하더니… 결국 이루어냈군요."

소진령과 제갈희상이 탄성을 터뜨렸다.

북리곤이 고개를 갸웃거렸다.

"난 장인으로 이 검을 만들어냈을 뿐 무인으로서 이 검의 주인은 되지 못하는 모양이오."

"그렇다면 누가 이 검의 주인이 될 수 있단 말인가요?"

소진령이 놀라서 반문했다.

"언제고 나타나겠지요. 그 용이 주인으로 받아들일 무인이 말이오."

소진령과 제갈희상이 아연해져 새삼 혈옥검을 내려다보았다.

소진령은 이미 스스로를 북리곤의 내자로 자처하고 있는 여인이었다. 때문에 결전을 앞둔 북리곤과 하룻밤을 보내고 싶어 하는 건 차라리 애절하기까지 한 소망이었다.

북리곤은 그녀의 절실한 진정을 느꼈기에 거부할 수도 없었다.

천막에서 멀지 않은 곳에는 이천여 명에 달하는 사람들이 북적거리며 있었다. 여기저기에서 술판이 벌어지고 있는 듯 왁자지껄 시끄럽기까지 했다. 하지만 북리곤과 소진령의 귀에는 상대방의 숨소리 이외에는 아무 소리도 들려오지 않았다.

더할 나위 없이 평온한 밤이었다.

*　　　*　　　*

형산의 중턱에 자리 잡고 있는 천하방은 하나의 무인 국가나 진배없었다. 끝이 없이 이어져 있는 성벽 안에 담겨 있는 봉우리만 일곱 개, 그 안에 건축된 대소전각의 수효는 자그마치 일천여가 넘는다.

특히 천하방의 위용을 과시하고 있는 것은 정문 앞쪽으로 이어져 있는 엄청난 넓이의 대도(大道)였다. 광활한 광장이 오백여 장이나 쭉 뻗어 있는 듯한 광경, 마차 백 대가 한꺼번에 내달릴 수 있는 드넓은 길이 천하방의 거대한 정문과 맞닿아 있었던 것이다. 지금 그 천하방의 정문은 원단(元旦)의 아침을 맞이해 활짝 열려 있었다.

얼마의 시간이 흘렀을까? 천하방 정문과 맞닿아 있는 드넓은 길 끝에 한 사내가 모습을 드러냈다.

바로 북리곤이었다.

북리곤의 뒤로는 일천 명 정도의 인원이 오와 열을 맞춰 일사분란하게 뒤따르고 있었는데 구경꾼과 행상들은 더 이상 따라오지 못했다.

발걸음은 느리지도 빠르지도 않았다. 보폭 또한 기계로 잰 듯 일정하다. 북리곤은 임장산의 오림에서부터 지금까지 여전히 같은 모습으로 걸음을 옮겨 천하방의 정문 앞에 이르자 잠시 걸음을 멈췄다.

천하방의 정문을 지나면 이십여 장 앞에 하나의 문루(門樓)가 나온다. 예의 문루 위에는 거대한 종이 매달려 있었는데 바로 군마등천금종(群魔登天金鍾)이었다.

쇠북의 무게는 무려 만 근이 넘고 두께만 해도 반 자에 달한다.

이 군마등천금종은 일반 범종과 달리 일 갑자 이상의 공력을 담은 채 주먹으로 쳐서 울리게 되어 있었다. 곧 새로 방주가 된 사람이 이 군마등천금종을 울림으로써 방주 등극을 천하에 알리게 되어 있었던 것이다.

정문을 지난 북리곤이 문득 걸음을 멈추고 십여 장 좌측으로 눈을 주었다.

털 밑에서 짧게 다듬은 검은 수염, 언뜻 보기에 이십 대 중반의 청년으로 보일 정도로 깨끗한 피부를 지닌 중년 사내였다.

중년 사내의 눈은 웃고 있었다. 이상한 친밀감을 느끼게 하는 동시에 내심을 짐작하기 어렵게 하는 눈웃음이었다.

바로 백무상이었다.

북리곤은 방향을 바꿔 백무상에게 다가가 오 장 거리를 두고 멈춰 섰다. 백무상이 부드럽게 고개를 끄덕였다. 기이하게도 적의가 느껴지지 않는 담담한 눈빛이었다.

"겨울이 되어 나뭇잎들이 모두 떨어졌는데 더러는 나뭇잎 하나가 매달려 있는 나무도 있지. 그걸 어떻게 보는가?"

"알고 있었소?"

북리곤이 짧게 반문했다.

백무상이 언뜻 쓸쓸해하는 빛을 떠올렸다.

"멸망한 대원황실의 재건을 위해 준비되었던 세력들이… 모두 괴멸되었다는 전갈을 좀 전에 받았네. 결국 난… 앙상한 나뭇가지에 매달려 있는 단 하나의 나뭇잎 신세… 추하기 이를 데 없는 신세가 된 것이네."

백무상이 두발을 어깨 넓이로 벌리며 자세를 갖췄다.

"난 평생을 온실 속에서 키워지며 허수아비로 살았네. 하지만… 허수아비에게도 허수아비의 의지는 있었네."

북리곤 역시 마주 섰다.

마주 서자 진정한 무인으로서의 호승심이 들끓어 올랐다고 할까.

백무상은 이 싸움만큼은 자신의 의지라고 생각했다.

마음을 쓰자 이미 전신의 공력이 넘칠 듯이 일렁이기 시작한다.

해일이 밀려오기 전 해안가의 바닷물이 일시에 빠지는 것과 같은 현상이 일어난다.

그리고 짧은 순간의 정적.

모든 걸 끌어당겨 엄청나게 증폭된 해일은 그 뒤에 밀려온다.

고오오…….

백무상의 주위로 주변의 모든 기가 빨려들기 시작했다. 심지어 공기마저도 빨려들어 주위 삼십여 장 범위가 일시지간 진공상태가 된 것 같은 현상이 일어난 것이다. 증폭된 그 힘을 한 점에 집약해 쏟아낸다면 그야말로 태산이라 할지라도 무너질 터.

한데… 힘을 쏟아내야 할 곳이 없었다.

북리곤은 분명히 눈앞에 서 있었다. 하지만 그는 공(空)이었다.

북리곤은 이미 백무상이 공력을 끌어 올리기 전부터 그의 몸 안에 있는 힘을 고스란히 느끼고 있었다. 그 힘이 쏟아져 나올 시기와 방향은 물론 폭발하면 어느 정도로 증폭되는지조차 세세히 파악할 수 있었다. 때문에 그 힘이 쏟아져 나올 방향과 시간 속에 서 있을 이유가 없었다.

물론 정면으로 부딪쳐도 그 힘을 능가할 자신은 있었다.

하지만 북리곤으로서는 그럴 필요를 느끼지 못했다.

때문에 그는 공(空)으로 존재했다.

주먹으로 바위를 격파할 때 바위가 부서지지 않으면 그 힘이 고스란히 주먹으로 되돌아와 고통을 받게 된다.

같은 이치로 백무상은 잔뜩 끌어 올린 힘을 쏟아내지 못하면 자신의 몸이 터져 나간다는 걸 알고 있었다. 하지만 눈앞에 있는 북리곤에게는 쏟아낼 수가 없었다. 그는 눈앞에 존재하되 존재하지 않았다.

'으으……!'

백무상의 전신이 부글부글 끓어오르기 시작했다. 집약된 힘이 폭발할 곳을 찾지 못해 한계점에 이르자 내부에서 들끓기 시작한 것이다.

"도와주겠소."

빠지지직!

북리곤이 손을 내밀자 주위에 전광이 번뜩였다. 동시에 엄청난 힘이 백무상의 전신을 뚫고 삼십여 장 뒤쪽으로 치달려 나갔다.

가슴 부위가 한 자 둘레로 뚫렸지만 백무상은 오히려 평온한 표정을 되찾았다. 하지만 그 눈빛은 무언가를 골똘히 생각하는 듯했다.

…잡초는 애써 키우지 않아도 저절로 잘 크는데 정성들여 키우는 화초들은 왜 자꾸 죽는 걸까?

생명이 몸을 떠나는 마지막 순간까지 백무상은 한 가지 의문에 잠겨 있었을 뿐이었다.

그가 목숨을 걸고 수십여 차례 죽음의 비무를 한 이유는 한계를 극복하기 위해서였다. 온실 속의 화초가 되기 싫었기 때문이었다.

하지만 그는 결국 온실 속의 화초였을 뿐이었다.

데에엥……!

잠시 후, 웅후하기 이를 데 없는 종소리가 길게 울려 퍼지기 시작했다. 바로 천하방의 새로운 방주가 등극했음을 알리는 종소리였다.

大尾.